GOLDMANN

Buch

Major Garvin kann und will nicht mehr töten. Auch nicht, als sein Leben mehrmals in grauenhafter Weise bedroht wird. Seine Situation scheint ausweglos. Da begegnet ihm das Mädchen. Auch sie hat Schreckliches durchgemacht. Werden sie gemeinsam das Schicksal besiegen können?

Autor

Alfred Coppel, 1921 in California/USA geboren, studierte an der Stanford University, war Kampfflieger und schrieb Kurzgeschichten und sehr erfolgreiche Romane.

Außer dem vorliegenden Band ist von Alfred Coppel als Goldmann-Taschenbuch erschienen:

34° Ost. Roman (6672)
Um jeden Preis. Roman (6741)

Alfred Coppel

Nach der Stunde Null

Roman

GOLDMANN VERLAG

Aus dem Amerikanischen übertragen von Norbert Wölfl
Titel der Originalausgabe: Dark December

1. Auflage Dezember 1984 · 1.–30. Tsd.

Made in Germany
Lizenzausgabe mit Genehmigung des Scherz Verlages, Bern und München

Umschlaggestaltung: Design Team München
Umschlagfoto: Süddeutscher Verlag, Bilderdienst
Satz: Mohndruck Graphische Betriebe GmbH, Gütersloh
Druck: Elsnerdruck GmbH, Berlin
Verlagsnummer: 6686
ES · Herstellung: Sebastian Strohmaier
ISBN 3-442-06686-7

I

Es war kalt an diesem Dezembermorgen. Dunkel, naß und kalt. Man wehrte sich dagegen, wach zu bleiben und einem neuen, gesichtslosen Tag trotzen zu müssen.

Der Offizier vom Dienst sagte: »Major Gavin, ein Kurier ist gekommen. Sie sollen sich sofort bei Colonel Sayre melden.«

Das Denken fiel mir schwer. Das ist immer so, wenn man Nembutal genommen hat. Wir alle nahmen das Zeug. Obgleich wir hundemüde waren, hätten wir ohne Drogen nicht mehr schlafen können.

Der OvD schüttelte mich an der Schulter.

»Haben Sie nicht gehört, Major? Ein Kurier aus Richmond ist da. Der Colonel möchte Sie sofort an der Rampe 1 sehen.«

»Schon gut«, sagte ich. »Schon gut, ich bin wach.«

»Der Colonel sagte . . .«

»Ja, zum Teufel!« sagte ich gereizt. »Ich sitze doch nicht auf meinen Ohren!«

Der Offizier vom Dienst ging. Ich hörte seine Stiefel über den Zement kratzen. Ich stellte meine Füße auf den feuchtkalten Boden und saß auf dem Rand meiner Koje. Mit einer Zigarette versuchte ich, meine Lebensgeister zu wecken.

Die Leuchtzeiger meiner Armbanduhr zeigten auf genau 5 Uhr. Ich überlegte mir, was wichtig genug sein konnte, um einen müden Mann um diese Zeit aus den Federn zu holen. Ich hatte in der Kontrollstation die Wache von 23 Uhr bis 2 Uhr geschoben, und es sah Colonel Sayre nicht ähnlich, uns um unseren Schlaf zu bringen. Er wußte, wie nötig wir alle die paar Stunden Vergessen hatten.

Aus Richmond, hatte der OvD gesagt. Also war die provisorische Hauptstadt schon wieder verlegt worden. Richmond hatte schon früher mal auf dem Plan gestanden. Soweit ich informiert war, gab es in diesem Teil Virginias keine Befestigungsanlagen.

Ich holte tief Luft und spürte die kalte, verbrauchte Luft in meinen Lungen. Es kostete Kraft gegen die Nachwirkungen des Nembutals anzukämpfen. Es machte das Denken zu einer Strapaze.

Ich zog mich im Finstern an, weil im Offiziersquartier das Licht erst morgens um 6 Uhr 30 eingeschaltet wird. Seit die Rakete Dutch Harbor zerstört hatte, bezogen wir unseren Strom aus dem Notaggregat. Wir alle unter dem Eispanzer von Unimak Island waren davon überzeugt, daß diese Rakete damals für uns bestimmt war.

Vielleicht war es ein Fehler der gegnerischen Aufklärung, vielleicht auch nur eine falsche Berechnung. Auf jeden Fall hatte die Rakete Dutch Harbor getroffen, und wir alle taten so, als wären wir schrecklich betrübt darüber. Aber wer ist schon traurig, wenn andere an seiner Stelle sterben müssen?

Mit dem dünnen Lichtstrahl meiner Taschenlampe tastete ich mir den Weg zur Abschußrampe 1 hinunter. Dort gab es wieder Licht. Die Leuchtstoffröhren an der niedrigen Decke verstrahlten ein unangenehmes, kaltes Licht.

Am Stahltor der Rampe 1 stand eine Wache. Ich kannte den Mann. Er war in San Jose zu Hause, nur zwanzig Meilen von meiner Heimatstadt Menlo Park in Kalifornien entfernt.

Er hieß Chavez und hatte eine hübsche brünette Frau mit zwei reizenden Kindern. Er hatte mir die Bilder gezeigt. Aber seine Frau und die beiden Kinder waren in Brooklyn zu Besuch, als die erste Bombe fiel. Mehr wußte Chavez nicht von ihnen.

Fast jeder auf Unimak hatte eine ähnliche Geschichte zu erzählen. Der Krieg ist nun einmal so.

»Morgen, Chavez«, grüßte ich. »Wie geht's?«

»Wie immer, Major Gavin. Colonel Sayre erwartet Sie drin. Er hat einen Fremden bei sich.«

Wer nicht zur Mannschaft gehörte, war hier einfach ein »Fremder«. Wir bekamen nicht oft Besuch.

Im Beobachtungsraum war alles still. Nur ein Mann saß am Radar. Rampe 1 glich einem Grab. Colonel Sayre und Major Steinhart, sein Adjutant, sprachen leise mit einem jungen Captain in Fliegerkombination.

Der Colonel sah müde aus. Sein martialischer Schnurrbart wirkte ausgefranst, und unter seinen Augen lagen dunkle Tränensäcke.

Colonel Sayre erwiderte meinen Gruß mit einer lässigen Handbewegung und sagte zu dem Fremden: »Reis, das ist Major Gavin, der Offizier, von dem ich Ihnen erzählt habe.« Zu mir gewandt, fügte er hinzu: »Ken, Captain Reis kommt von der Provisorischen Regierung. Er bringt neue Befehle.«

Ich unterdrückte die Enttäuschung, die mich befiel. Vielleicht hatte ich etwas anderes erwartet. Etwas, das zu erwarten ich kein Recht hatte, wie ich mir selbst ärgerlich eingestand.

Vielleicht lag es an meiner Enttäuschung, daß ich in aggressivem Ton fragte: »Neue Befehle? Vielleicht neue Ziele?« Seit einem Monat hatten wir keine Rakete mehr abgefeuert. Erst jetzt wurde mir klar, wie froh ich darüber war.

»Captain Reis kommt als Kurier«, sagte Major Steinhart, ohne meinen Ton zu beachten. »Er hat alle Stellungen der Inselkette aufgesucht.«

»Keine schlechte Nachricht«, meinte Reis lächelnd. Früher war ich auch einmal so jung gewesen, so verbindlich wie er. Es fiel mir schwer, mich daran zu erinnern.

»Wir sind knapp an Treibstoff«, sagte ich zu Colonel Sayre. »Ich glaube kaum, daß wir eine volle Ladung abfeuern können, ohne unsere Vorräte zu ergänzen.«

»Das macht nichts«, sagte Sayre ruhig. »Captain Reis bringt keine neuen Zielanweisungen.«

Ich blickte den Captain fragend an. Er sagte: »Es gibt keine neuen Ziele mehr, Major. Es ist zu Ende.«

Für einen Augenblick spürte ich nichts anderes als das harte Klopfen meines eigenen Blutes. Aus. Zu Ende – Gott sei Dank! Wenn ein Mann nach acht Monaten Unimak überhaupt noch Freude verspüren konnte, dann spürte ich sie jetzt. Es war, als hätte jemand ein riesiges Gewicht von meiner Brust genommen.

»Wann?« fragte ich.

»Offiziell vor fünf Tagen«, antwortete Reis. »Eigentlich schon seit einem Monat. Ihre Vertreter verhandeln gerade in Richmond. Sie haben furchtbare Schläge bezogen.« Er runzelte die Stirn. »Wir wahrscheinlich auch. Keiner weiß etwas Genaues.«

Minutenlang war es still zwischen uns. Dann sagte Major Steinhart: »Wir haben Radiomeldungen aufgefangen, Ken. Aber der Colonel und ich beschlossen, sie nicht weiterzugeben, bis wir die Bestätigung hatten. Wir konnten ja nicht wissen, wer die Sendungen verbreitete.«

Es wird eine Weile dauern, bis man eine solche Wahrheit voll begreift, dachte ich.

Colonel Sayre schaute Steinhart an und dann mich. Er lächelte nicht. »Ken, Captain Reis hat in seinem Hubschrauber noch Platz für einen Passagier. Er fliegt über den Golf hinüber nach Juneau und dann mit einer Jet weiter nach Texas.« Er machte eine Pause. »Sie könnten mitfliegen.«

Mich überkam die gleiche Überraschung, die ein Mann spüren muß, der auf hoher See plötzlich von Deck gespült wird. Ich haßte die Unimak-Stellung von ganzem Herzen. Wir alle haßten sie. Aber wir hatten hier so lange völlig isoliert gelebt, daß der Gedanke, die Insel zu verlassen, wie ein Schock wirkte.

»Sie – lassen mich versetzen?« fragte ich perplex.

Colonel Sayre zögerte, ehe er antwortete: »Ich will Sie entlassen, Ken. Ich habe Vollmacht aus Richmond, jeden Offizier zu entlassen, für den ich eine Transportmöglichkeit finden kann. Mit Ihnen mache ich den Anfang.«

Eine seltsame Erregung packte mich. Aber dann wurde mir schlagartig klar, daß es für diese überraschende Entlassung einen Grund geben mußte. Angst packte mich.

»Sie haben eine Nachricht«, stieß ich mit einer Stimme hervor, die ich selbst kaum als meine eigene erkannte.

Der Colonel schüttelte den Kopf. »Nein, Ken. Das ist's ja gerade.«

»Das verstehe ich nicht!«

»Es ist so, Major«, sagte Captain Reis nüchtern. »Es gibt da ein paar Gebiete, zu denen noch jeglicher Kontakt fehlt. Das ganze Gebiet um Denver ist beispielsweise abgeschnitten, wahrscheinlich deshalb, weil sich dort die Luftabwehrzentrale befand. Aus dem ganzen Gebiet der Großen Seen wissen wir nichts, ebensowenig von der Ostküste nördlich von Baltimore. Bisher fehlten uns einfach die Zeit und die Ausrüstung, um in diese verheerten Gebiete hineinzufliegen und genau festzustellen . . .«

»Ich habe in Menlo Park gewohnt, Captain«, unterbrach ich ihn. »Das liegt fünfunddreißig Meilen südlich von San Francisco.«

»Ich weiß«, sagte Captain Reis leise.

Ich blickte ihn an, dann Colonal Sayre und Major Steinhart. Dabei bemühte ich mich, nicht in ihren Gesichtern zu lesen.

»Nichts aus San Francisco?« fragte ich gepreßt. »Kein einziges Wort?«

»Tut mir leid, Ken«, sagte Colonel Sayre. »Wir wissen wirklich nichts.«

»Keine Radiomeldungen?«

»Nur ein paar verstreute Meldungen«, erklärte Reis. «Von Amateurfunkern aus den Bergen. Die haben uns aber auch nicht viel sagen können.«

Captain Reis wartete darauf, daß ich etwas sagte. Aber ich konnte nicht. Die Angst steckte mir wie ein stählerner Knebel im Hals.

»Es geht nicht nur um die San Francisco Bay, Major«, fuhr Captain Reis fort. »Anscheinend versuchten sie, den Shasta-Damm zu treffen. Der ganze Shasta-Bezirk kriegte eine volle Ladung mit. Aus dem ganzen Küstengebiet südlich von Klamath Falls in Oregon und nördlich von Santa Barbara fehlt uns jede zuverlässige Meldung. Wir haben Grund zu der Annahme, daß in diesem Gebiet bakteriologische Waffen eingesetzt wurden, aber nicht einmal das wissen wir. Einer der Amateure berichtete über drei Bomben, die gleich am ersten Tag westlich von ihm fielen.«

Ich fühlte mich krank und schwach. Sue, dachte ich.

Mein Gott – Sue und Pam. Auch noch bakteriologische Waffen . . .

»Sie wollen doch sagen«, stieß ich rauh hervor, »daß die ganze Gegend bakteriologisch verseucht ist und daß sich bisher niemand getraut hat, den . . .« Ich biß mir auf die Lippen und ergänzte: »den Überlebenden Hilfe zu bringen?«

»Major«, sagte Captain Reis. »Wir tun wirklich, was wir können. Aber es fehlt eben an allen Ecken und Enden. Es fehlt an Flugzeugen und Militär.«

Natürlich hatte er recht. Wenn ich an das verwüstete Land dachte, an die Millionen von Toten, an die Verstümmelten, die noch sterben würden, dann wußte ich, daß er recht hatte. Kein Land auf der ganzen Welt kann es mit einer Katastrophe von solchem Ausmaß aufnehmen.

»Ken«, sagte der Colonel. »Wenn Sie lieber noch ein paar Wochen warten wollen – dann wird man wahrscheinlich Suchtrupps hinschicken . . .«

Suchtrupps! Als ob es sich um feindliches Land handelt! Aber Sue und Pam waren dort. In diesem Augenblick entschied ich für mich, daß die beiden noch am Leben sein mußten. Ich mußte mir das einfach einreden und daran glauben. Wenn ich es glaubte, dann mußte ich zu ihnen. Nicht in einigen Wochen. Jetzt mußte ich hin!

»Nein, danke«, sagte ich. »Wenn Captain Reis mich bis Tacoma mitnehmen kann, dann schaffe ich den Rest schon allein.«

»Ich dachte mir, daß Sie mitfliegen würden, Ken«, sagte Colonel Sayre. »Deshalb habe ich auch nach Ihnen zuerst geschickt.«

»Start um Punkt neun«, sagte Captain Reis.

»Ich werde bereit sein.«

Danach gab es nicht mehr viel zu sagen. Colonel Sayre brachte eine Flasche Brandy zum Vorschein. Schweigend tranken wir ein Glas und dann noch eins.

Ich blickte mich um und wußte, daß ich diesen Ort niemals wiedersehen würde. Die Sichtschirme waren dunkel. Die restlichen Titanraketen brauchten nicht mehr eingesetzt zu werden.

2

Der Schatten des Hubschraubers sah wie ein kleines Insekt aus, das über den endlosen Schnee gleitet. Er übersprang Abgründe und Wasserläufe mit krampfhaften Rucken, die halb wie Fliegen und halb wie Kriechen wirkten.

Wir waren in Yakutat Bay zwischengelandet und knatterten nun in mittlerer Höhe südwärts. In Yakutat hatte ich kein Anzeichen von Leben bemerkt. Die Stadt war verlassen. Während des ganzen Fluges war mir bisher nur eine einzige Rauchsäule aufgefallen, die auf menschliche Behausungen hindeutete.

Das Wetter war strahlend klar. Die untergehende Sonne senkte sich auf den Pazifik zu. Im Osten erhoben sich grün und still die Berge von Alaska. Es war schwer, sich vorzustellen, daß es Krieg gegeben hatte. Die Wälder und Berge und die schneebedeckten Weiden sahen so friedlich aus.

Captain Reis wandte mir zögernd sein junges Gesicht zu und fragte: »Major?«

»Ja?«

»Wie ist es, wenn man Atomraketen abfeuert?«

»Wie meinen Sie das?« fragte ich stirnrunzelnd.

Er schien nach Worten zu suchen. »Ich meine – wie fühlt man sich dabei?«

»Ich verstehe nicht, was Sie wollen«, sagte ich abweisend und hoffte, damit die Diskussion zu beenden. Es war besser, nicht darüber nachzudenken. Lieber dasitzen und hinabschauen. In mir bohrte aufsteigender Zorn. Wie kam der junge Schnösel überhaupt zu der Frage, was man fühlt, wenn man eine Titan startet, von der man genau weiß, daß sie den Tod für Hunderttausende mit sich trägt? Wenn man darüber nachdachte, dann konnte man an den Punkt gelangen, wo man sich selbst eine Kugel in den Kopf schießen will. Deshalb dachte man nicht nach. Alles wurde zu einem ballistischen, wissenschaftlichen Problem. Nichts Menschliches. Das war für einen Raketenmann die einzige Möglichkeit, bei Verstand zu bleiben.

Aber jetzt, wo es vorbei war – würden sie alle die gleiche Frage stellen wie Reis? Wie fühlt man sich als Henker ...?

Wir bogen landeinwärts ab, weg vom Meer. Unter uns breiteten sich die Gletscher des Glacier-Nationalparks aus.

»Das Wetter hält sich«, sagte Reis plötzlich. »Um diese Jahreszeit habe ich es noch nie so klar erlebt.«

Wir dachten beide an die alten Behauptungen, daß die Bomben das Wetter verändern sollten. Niemand hatte es bisher beweisen können.

Ich warf einen Blick hinaus auf das Luftprüfgerät. Wie stark würde wohl die Strahlung hier sein? Sicher beträchtlich. Irgendwann würden wir auch dafür bezahlen müssen. Wir und unsere Kinder. Ich mußte an Pam denken und wollte beten. Ich schloß die Augen – aber ich konnte nicht beten.

Ich saß da und dachte an früher. Das Leben in Stanford, die jungen Gesichter und alten Mauern. Das Haus, in dem ich mit Sue und Pam wohnte. Es war von Anfang an Glück gewesen, denn es war ein Leben mit Sue.

Ich liebte Sue heute genauso wie damals. Daran hatte die Zeit nichts geändert. Und als Pam kam, da liebte ich Sue noch mehr, weil sie mir eine Tochter geschenkt hatte, die ein Teil von ihr und ein Teil von mir war.

Die Nacht vor meiner Einberufung stand wieder ganz klar vor meinen Augen. Ich hatte zu Sue gesagt: »Es wird keinen Krieg geben, Sue. Es steht einfach zu viel auf dem Spiel.« Pam, damals zwölf, küßte mich sehr ernst auf die Stirn und sagte: »Wir werden hier auf dich warten, bis du zurückkommst, Vater.« Als ob ich zu einer kurzen Geschäftsreise weggefahren wäre und nicht in den Krieg.

»Vor uns liegt Juneau, Major«, meldete Reis.

Ich kehrte in die Gegenwart zurück.

Wir umrundeten die Spitze der Admiralitätsinsel. Die Stadt vor uns wies keine Anzeichen von Zerstörung auf. Südlich von den Docks lag ein Zerstörer. Eins der Schiffe, die beim ersten Angriff als Ablenkungsmanöver für den Bombenangriff vernichtet worden waren. Der Plan hatte nicht funktioniert. Die Marine hatte die Invasionsflotte entdeckt und versenkt, bevor sie ihre Bordraketen starten konnten.

»Wir bleiben hier nicht lange, Major«, sagte Reis. »Müssen nur den Grashüpfer an die Flugplatzleute übergeben und uns den Düsenvogel schnappen.«

»Gut, in Ordnung.«

Reis rief den Kontrollturm. Wir wurden zum Hubschrauberplatz gelotst. Als wir niedrig über die Stadt hinweghuschten, fiel mir die Leere der Straßen auf. Es gab so gut wie keinen Verkehr. Wieder erriet Captain Reis meine Gedanken.

»Für private Zwecke gibt es fast kein Benzin, Major. Kommt Ihnen sicher komisch vor – Straßen ohne Autos.«

»Ich fürchte, manche anderen Dinge werden mir auch komisch vorkommen, Captain«, sagte ich nüchtern.

Der Flugplatz war gefüllt mit Flugzeugen aller Art.

»Das ist der Hauptversorgungshafen für die Ost-West-Flüge zwischen der provisorischen Hauptstadt und dem Fernen Osten«, erklärte Captain Reis.

»Dem Fernen Osten? Ich dachte nicht . . .«

Ich verstummte und erkannte, wie vollkommen ich auf Unimak von der Außenwelt abgeschnitten gewesen war. Ich hatte angenommen, daß Japan und Formosa so gut wie völlig zerschlagen waren. Aber es gab natürlich keinen vernünftigen Grund, warum das so sein sollte. Der Schlag hatte sich direkt gegen uns gerichtet, um das Herz der Westlichen Allianz zu treffen. Gegenden, die weiter östlich lagen, konnten unzerstört sein.

»Tokio ist natürlich zum Teufel«, sagte Reis. »Aber sie haben Truppen ins nördliche Japan geschickt. Nördlich von Densai ist nichts bombardiert worden, außer mit gewöhnlichen Sprengbomben.«

Natürlich, dachte ich. Nur Sprengbomben. In diesem Zeitalter ein reines Kinderspiel!

»Das ist unser Vogel, Major«, sagte Reis und deutete auf eine alte Boeing 707. Sie trug immer noch das Emblem der Great Circle Airlines, aber die Sterne der Luftwaffe waren darübergepinselt.

»Fliegt sie bis Richmond, Captain?«

»Ja, Major. Mit einer Ladung wichtiger Leute aus Japan und Korea an Bord. Und mit mir, dem kleinen Botenjungen.«

Mit einem solchen Vogel könnte ich in weniger als drei Stunden in San Francisco sein, dachte ich. Aber er flog eben nicht in meine Richtung.

»Wie sieht's mit einem Zivilflugzeug aus?« fragte ich Reis.

»Selbst fliegen?«

Ich nickte.

»Wann haben Sie zuletzt selbst einen solchen Vogel geflogen, Major?«

Das war genau sechzehn Jahre her, aber ich sagte: »Vor ein paar Jahren.«

»Wird nicht gehen, Major, tut mir leid. Selbst wenn es Ihnen wirklich gelingen sollte, eine Maschine zu organisieren – es gibt einfach nicht genug Sprit für zivile Zwecke. Und selbst wenn Sie irgendwo Sprit auftreiben könnten, wo wollten Sie nachtanken? In Tacoma gibt's fast keinen mehr, und wie die Situation südlich davon aussieht, kann Ihnen niemand sagen.«

Er hatte alle Hände voll mit der Landung zu tun und setzte den Hubschrauber sanft auf die Betonpiste. Ein paar Männer rannten auf uns zu. Der Hubschrauber war kostbar, und jede Minute, die er unnütz herumstand, war vergeudete Zeit.

Bärtige, dreckige Mechaniker schwärmten um die Maschine, tankten sie auf und luden unser Gepäck aus. Reis und ich stiegen aus.

»Tut mir leid, meine Herren«, sagte ein Junge mit traurigem Gesicht. »Aber hier müssen auch die Offiziere zu Fuß zum Quartier gehen. Kein Sprit übrig.« Sein Blick fiel auf die Raketenspange an meinem blauen Hemd – die geflügelte Interkontinentalrakete mit dem Feuerstrahl. Er schaute rasch weg, als schämte er sich. Es war das erstemal, daß mir diese Reaktion auffiel, aber ich sollte mich mit der Zeit noch daran gewöhnen, so lange, bis ich die Schwingen hassen lernen und wegschleudern würde. Aber das kam erst später.

»Sie können ja mal nach einem Privatflugzeug fragen, Major«, meinte Reis. »Ich glaube nicht, daß Sie Glück haben, aber fragen kostet nichts.«

Ich überlegte diesen Vorschlag und entschied, daß es wahrscheinlich vernünftiger war, mit Reis bis Tacoma zu fliegen. Die Düsenmaschine war schneller, und ich hatte sie sicher. Von Tacoma aus mußte ich mich auf mich selbst verlassen.

Ich blickte zum klaren, sonnigen Himmel hinauf. Ja, ich werde es schaffen! Ich werde es schaffen, denn zum erstenmal seit einem Jahr durfte ich wirklich daran denken, warum ich etwas tat. Ich kehrte heim zu Sue und Pam. Das hatte Sinn. Und es gab mir ein Gefühl der inneren Sicherheit.

3

Der Flug verlief ohne Zwischenfälle. Es war 3 Uhr 20, als ich den Düsenclipper verließ und meinen Fuß auf den Militarflughafen von McChord setzte. Die Piloten hatten es auf ihrem Weg nach Osten so eilig, daß sie die Triebwerke nicht abstellten. Ich mußte rennen, um nicht in den Rückstrahl der leerlaufenden Turbinen zu geraten. Mein Gepäck wurde einfach auf den Betonboden geworfen und mußte dort liegenbleiben, bis der schwere Vogel zur Startbahn gerollt war.

Ich hatte mich von Reis verabschiedet. Wir wußten beide, daß wir einander wahrscheinlich nicht wiedersehen würden. Ich bedauerte das, und es schien mir, daß ihm dieser Gedanke auch nicht paßte. Ich konnte seine

Silhouette an einem der Fenster der Boeing sehen, als die Maschine wegrollte.

Ich blickte mich um. Was ich sah, war nicht gerade ermunternd. Tacoma war schwer getroffen worden, als sich Seattle in Staub verwandelte. Der Flugplatz von McChord war fast vergessen worden. Ich sah die Schatten von zwei verlassenen Flugzeugen und einen Riesenhaufen Trümmer. Der Betonboden fühlte sich unter meinen Füßen schmutzig und unbenutzt an. Es gab keine der vertrauten Begrenzungsleuchten, die man sonst auf Flughäfen findet, nicht das bleiche Elfenbein der Anflugmarkierungen. Nur ein paar Orientierungslampen flackerten unter der unregelmäßigen Strombelieferung durch den tragbaren Ersatzgenerator.

Ich nahm mein Gepäck auf und ging auf das Verwaltungsgebäude zu. Es war das einzige Gebäude, in dem Licht brannte. Alles andere war schwarz und leer. Von den verlassenen Baracken am Rand des Flugfeldes hatten sich lange Streifen Dachpappe losgerissen und flatterten im Wind. Der Kontrollturm war unbesetzt. Als ich näherkam, bemerkte ich, daß in seinen Fensterhöhlen kein Glas mehr war. Jetzt wußte ich auch, was unter meinen Schuhsohlen so knirschte: zermahlenes Glas. Es glitzerte im Mondlicht.

Mein Gepäck war nicht schwer, aber ich fand es ermüdend, das Zeug die lange Strecke quer über das verlassene Rollfeld zu schleppen. Niemand kam, um mir zu helfen. Anscheinend war ich das einzige lebende Wesen weit und breit.

Als ich näher an das Verwaltungsgebäude herankam, hörte ich etwas: Ein Mann spielte Mundharmonika, sehr leise und sehr traurig. Eine Melodie, die ich gut kannte: »The Red River Valley.«

Ich stieß die Tür zu dem schäbigen Verwaltungsgebäude auf und betrat einen mit allerlei Gerümpel vollgepackten Raum. Ein Sergeant saß hinter dem langen Tisch, die Füße auf der Tischplatte. Als ich mein Gepäck auf den Boden stellte, hörte er mit dem Mundharmonkaspiel auf, aber er stand nicht auf. Er schaute mich nur an, ohne jede Neugier, mit verschleierten Augen in einem flachen, ausdruckslosen Gesicht.

»Der neue Kommandant?« fragte er nach einer Weile.

»Nein«, antwortete ich. »Nur auf der Durchreise.«

Er legte die Mundharmonika sehr sorgfältig auf die Tischplatte und zog eine Packung Militärzigaretten aus seiner Brusttasche. Er zündete sich eine an.

»Nein«, sagte er dann. »War nicht damit zu rechnen, daß sie uns einen Major schicken. Ein lausiger Leutnant wäre wahrscheinlicher. Das heißt, falls sie noch einen auftreiben können.«

»Es gibt hier keinen Offizier?« fragte ich.

Der Sergeant grinste mich hurmorlos an. »Wo haben Sie die ganze Zeit gesteckt, Major? Hat Ihnen keiner verraten, daß Krieg war?«

Ich steckte die Zurechtweisung vorläufig ein, aber in mir stieg der Arger hoch. »Wer führt hier das Kommando?« fragte ich. Ich haßte alle diese dienstlichen Fragen, die bei einer solchen Gelegenheit gestellt werden. Aber es blieb mir nichts anderes übrig.

»Wissen Sie, Major, das weiß ich nicht genau. Ich würde sagen, daß wahrscheinlich Sergeant Olinder der richtige Mann für Sie ist. Aber er ist drüben, in Olympia – was von Olympia noch übrig ist. Wann er zurückkommt und ob er zurückkommt, das wissen die Götter. Bis dahin führe wahrscheinlich ich das Kommando hier.«

Ich weiß auch nicht, warum er mich aufregte, aber ich zitterte innerlich. Ich kannte den MacChord-Flughafen noch aus den alten Zeiten. Damals war er eine wichtige Station im Frühwarnnetz. Und jetzt führte ein Sergeant das Kommando. Ein unrasierter Sergeant, der die Füße auf dem Tisch liegen hatte und Mundharmonika spielte.

»Stehen Sie auf, Sergeant«, befahl ich.

Er runzelte die Stirn.

»Aufstehen!«

Ein Widerschein der alten, gewohnten Disziplin glitt über sein gleichgültiges Gesicht. Er schüttelte erstaunt den Kopf, aber er stand auf. Wahrscheinlich hätte er selbst nicht sagen können, warum er gehorchte.

»Hier gibt es also keine Offiziere?« fragte ich barsch.

Er schüttelte wieder den Kopf. »Die sind mit den anderen Truppen abgehauen.«

»Wann?«

»Vor drei, vier Tagen.«

»Wohin?«

»Nach Vancouver, um dort mal Ordnung zu machen. Viel Plünderer dort oben, Major. Überall derselbe Ärger.« Er kaute auf seiner Lippe und trat ungemütlich von einem Fuß auf den anderen. »Die verdammten Russkies haben gleich zwei dicke Eier auf Seattle gelegt. Drum sieht's auch hier so lausig aus. Die meisten von unseren Vögeln am Boden zerstört, mehrere Großfeuer. Der radioaktive Niederschlag ist weiter nördlich gefallen. Glück muß man haben.«

Es klang nicht sonderlich glücklich. Jetzt, da seine Widerborstigkeit gebrochen war, sah er nur dreckig und müde aus.

»Setzen Sie sich, Sergeant«, sagte ich ruhig.

Er setzte sich und nahm die Mundharmonika auf. Er rieb mit dem Daumen über die nickelglänzende Seite des Instrumentes. »Wir stehen hier ein bißchen auf verlorenem Posten, möchte ich sagen, Major. McChord ist im Moment für niemand wichtig.« Er blickte mich mit einem Anschein von Interesse an. »Sind Sie eins von den großen Tieren, Major? Ich meine – der Düsenvogel hielt extra Ihretwegen . . .«

Ich entschloß mich, diese Frage nicht gleich zu beantworten. Statt dessen sagte ich beiläufig: »Man sagte mir, daß ich von hier aus vielleicht eine Maschine nach Süden kriegen könnte.«

»Süden? Sie meinen Oregon?«

»Ich meine Kalifornien.«

»Da hat Ihnen jemand einen Bären aufgebunden, Major. Niemand fliegt nach Kalifornien. Nach Kalifornien gibt's keinen Weg. Wo waren Sie überhaupt?«

»Unimak.«

»Raketenmann?«

»Richtig.«

Sein Gesicht wurde hart. »Ich hoffe nur, daß Sie es denen richtig gegeben haben.«

»Was ist mit Kalifornien?«

»Milzbrand, Major.«

Ich spürte einen eiskalten Schauder über meinen Rücken laufen. »Milzbrand?« fragte ich ungläubig.

»Klar. Das Zeug, das die Esel, Pferde und Maultiere kriegen. Nur daß es Menschen auch kriegen können. Südlich von Siskyous haben sie mit biologischen Waffen gearbeitet. Nach Kalifornien kann vorläufig keiner 'rein.«

Sein Gesicht nahm einen nachdenklichen Ausdruck an. »Sie sind ziemlich fest entschlossen, da 'reinzukommen, was?«

»Ja«, sagte ich.

Er schüttelte den Kopf. »Kann Ihnen nicht helfen.« Er warf einen Blick auf die Flugliste. Nur zwei Flüge waren angegeben. Einer nach Washington hinauf und einer nach Redmond in Oregon. Aber keiner der beiden Flüge ging von McChord aus. Die beiden Maschinen machten hier nur eine Zwischenlandung.

»Vielleicht könnte Sie eine der beiden Maschinen mitnehmen, Major. Ich kenne den Piloten der Redmond-Maschine. Allerdings . . .«

»Allerdings was?« fragte ich.

Er blickte mich betrübt an. »Was können Sie zahlen?«

»Bezahlen?« rief ich.

»Major«, sagte der Sergeant geduldig. »Es ist nicht mehr alles so, wie es war, als Sie nach Unimak flogen. Sie wollen doch wenigstens bis Redmond kommen, wie?«

»Natürlich«, sagte ich. »Wieviel?«

In meinem Gepäck hatte ich das Entlassungsgeld, etwa 1200 Dollar. Dann hatte ich einige K-Rationen und eine brandneue Militärpistole. Ich hatte noch nie einen Schuß damit abgegeben. Munition besaß ich ebenfalls.

»Hm, Geld ist heutzutage nicht viel wert, Major«, sagte der Sergeant. »Man kann sich nicht viel dafür kaufen. Es gibt ja nichts.«

»Ich habe nach dem Preis gefragt!«

»Fünfzehnhundert.«

»Was?! Fünfzehnhundert Dollar?«

»Major, eine Packung Sargnägel bringt in Olympia zehn bis zwölf Dollar. Es hat auch keinen Sinn, daß Sie mir mit einem Verfahren drohen, Major. Ich kann nichts dafür. Es ist halt so.«

Ich stellte meinen Packen auf den Tisch und nahm die Pistole heraus. Ich riß einen Karton Patronen auf und steckte eine in die Kammer. Dann legte ich die Waffe so auf den Tisch, daß die Mündung auf ihn zeigte.

»Das ist ein wertvolles Stück, Major«, sagte der Sergeant und blinzelte in die schwarze Pistolenmündung.

»Reden wir lieber darüber, wie ich nach Redmond komme.«

»Sie drohen mir?«

»Ich habe keine fünfzehnhundert Dollar, Sergeant«, sagte ich gelassen. »Und die Pistole wird nicht verkauft.«

»Sie – werden doch nicht schießen, Major!« sagte er unsicher.

»Sind Sie sicher? Ich bin ein Raketenmann. Vergessen Sie das nicht.«

»Natürlich!« Er atmete schwer.

»Ich will nach Kalifornien. Wenn ich dazu über Redmond muß, dann werde ich mit der nächsten Maschine nach Redmond fliegen. Also sollten wir uns einigen.«

»Sie haben ein Paar prächtige Fliegerstiefel an«, sagte er.

»Sie sind fast neu.«

»In Olympia kriegt man dafür fünf- bis sechshundert. Vielleicht mehr, wenn man sie in Portland verkauft. Den Preis kann ich natürlich nicht bezahlen, wegen der Spesen.«

»Sie kriegen die Stiefel, ich den Flug nach Redmond«, schlug ich vor.

»Mann, bleiben Sie doch vernünftig! Der Pilot verlangt auch seinen Anteil. Was soll ich ihm erzählen? Daß ich Ihnen den Flug für ein Paar Stiefel beschafft habe?«

»Die Stiefel und hundert Dollar.«

»Gut, Major. Meinetwegen die Stiefel und hundert. Bei mir muß irgendwo eine Schraube locker sitzen – also meinetwegen. Aber stecken Sie endlich die verdammte Kanone wieder ein.«

Ich schob die Pistole in meine Jackentasche und streifte die fellgefütterten Überschuhe ab. Der Sergeant kam um den Tisch herum und hob sie auf. Er hielt sie bewundernd auf Armeslänge weg. Dann kicherte er und meinte: »Inflation ist doch was Schreckliches, nicht?«

Ich wandte mich ab und warf mein Gepäck in eine Ecke. Ich war müde und hungrig und zitterte innerlich immer noch vor Wut.

»Und die hundert, Major?« fragte der Sergeant.

»Die kriegen Sie, sobald ich im Flugzeug sitze. Keine Minute vorher.«

Der Sergeant nickte mürrisch und kehrte hinter seinen Tisch zurück. Er bückte sich und kam mit einer Flasche Red Label zum Vorschein. Dazu stellte er zwei Blechnäpfe auf den Tisch. »Einen Drink, Major?«

Ich glaubte, die milde Wärme des Whiskys schon auf der Zunge zu spüren. Ich schaute ihm gerade ins Gesicht und fragte: »Wieviel?«

»Für Sie nur fünf Dollar der Schluck.« Er goß sich ein und kostete. »Prima Stoff, Major. Davon gibt's nicht mehr viel. Und wenn der weg ist, wer weiß, wann wir wieder welchen auftreiben können.«

Ich zog ein silbernes Fünfdollarstück aus der Tasche und warf es auf den Fußboden. Es klirrte leise, als das Geldstück über den Zement hüpfte. Er schob mir einen Napf hin. »Bedienen Sie sich.«

Ich goß mir eine ordentliche Portion ein und trank langsam.

»Jeder muß sehen, wie er zurechtkommt, Major. Das werden Sie auch noch 'rausfinden.«

Ich kehrte schweigend in meine Ecke zurück und setzte mich auf meinen Packen. Dann lud ich langsam die Pistole auf. Ich fror. Es war 4 Uhr 20 und ich hatte mehr als drei Stunden Zeit. Aber ich wagte es nicht zu schlafen, aus Angst, der Sergeant würde mich dann ausplündern.

Furchtbare Idee! Man war vor den eigenen Leuten nicht mehr sicher. Der Sergeant nahm seine Mundharmonika auf und spielte eine einfache, alte Melodie. Als er absetzte, sagte ich:

»Spielen Sie das noch einmal.«

Wenn er spielte, dann zeigte er mir ein verändertes Gesicht. Dann war er nicht mehr ein korrupter Geschäftemacher, ein schlechter Soldat. Dann sah er nur wie eine traurige, tragische Figur aus. Sein Spiel war die einzige Art, wie er seine Einsamkeit zum Ausdruck bringen konnte.

4

Um 5 Uhr morgens fragte ich den Sergeanten, wann er abgelöst würde.

»So um acht herum, Major«, antwortete er grinsend und fuhr sich mit einer Hand über das stoppelige Kinn. »Vielleicht eine Stunde früher oder später. Gus nimmt's nicht so genau.«

»Sie führen keinen Dienstplan hier?«

»Hier auf dem Platz sind wir nur zu fünft, Major. Wir teilen uns die Arbeit, wie's gerade kommt.« Er streckte die Beine aus und studierte meine Fliegerstiefel, die sich jetzt an seinen Füßen befanden. »Einer kocht und einer paßt ein bißchen auf den Laden hier auf. Normalerweise machen wir abends einfach dicht. Aber da diese Nacht Ihr Düsenvogel gemeldet war, mußte einer aufbleiben, um die Landelichter in Gang zu halten und nach dem Generator zu sehen.«

Ich saß da und lauschte dem Wind, der sich unter dem Dachvorsprung des Gebäudes verfing. Die Fenster waren schlampg eingesetzt worden. Der Wachraum war zugig und kalt. Ein paar Plakate und Anschläge der Luftwaffe, die noch die Wände zierten, raschelten leise in der Zugluft. Über dem großen Tisch hing ein riesiges Schild mit der Aufschrift: »ACHTUNG! FEIND HÖRT MIT!« Unter dem Schild hockte der Sergeant und grinste mir ins Gesicht.

»Haben Sie ein Radio?« fragte ich.

»Sicher, aber um diese Zeit wird nicht gesendet. Nach sieben bekommt man von Conelrad Musik. Aber jetzt ist nichts.«

Ich war hungrig, aber ich wollte mir nicht von dem geschäftstüchtigen Sergeant ein GI-Frühstück zu einem horrenden Preis anbieten lassen. Also brach ich eine meiner K-Rationen auf. Ich tat es nicht gern, weil ich ahnte, daß ich sie später noch dringend brauchen würde. Zehn Rationen hatte ich mitgenommen. Jetzt waren es noch neun.

Der Sergeant sah mir schweigsam beim Essen zu. Plötzlich fragte er: »Was suchen Sie eigentlich in Kalifornien, Major? Ihre Familie?«

»Meine Familie«, antwortete ich einsilbig.

»Dann machen Sie sich mächtige Sorgen, was?«

Ich nickte nur. Er fuhr fort:

»Sie müssen einer von den Offizieren sein, die sie sofort freigegeben haben. Wir haben es am Radio gehört.

Sie entlassen Raketenoffiziere und die Atombomberpiloten, die noch übriggeblieben sind.« Er lachte kurz auf. »Viele sind's ja nicht mehr. Vielleicht leben noch einige irgendwo in Rußland, in Konzentrationslagern.«

Ich aß schweigend und kaute ganz bewußt jeden Bissen. Das Zeug schmeckte nach nichts. Aber ich konnte es mir jetzt nicht mehr erlauben, auch nur einen Bissen Essen zu vergeuden, wenn ich für alles bezahlen mußte. Dann zündete ich mir eine der beiden Zigaretten an, die ich in der Rationspackung fand.

»Wissen Sie, Major, im ersten Moment ging's hier ziemlich rund«, sagte er nachdenklich. »Ich habe genau hier in diesem Stuhl gesessen, als der Alarm durchkam.« Er beugte sich vor und sprach so hastig, als drängte es ihn, sich von einer Last zu befreien.

»Ja, so war das. In sechs Minuten hatten wir ein Rudel Abfangjäger in der Luft. In sechs Minuten! Sie wissen, das ist recht gut für die langweiligen F-107. Aber die Russkies haben's uns doch gegeben. Mit Raketen, von U-Booten abgefeuert. Mit einer F-107 kann man keine Rakete abschießen.« Er zögerte, wurde blaß und fuhr mit gehetzt klingender Stimme fort: »Das hätten Sie sehen sollen! Drüben über Seattle war's tausendmal heller als jeder Sonnenaufgang, den ich bis dahin gesehen hatte. Der ganze Himmel brannte. Ein paar von den Gebäuden hier, die ungünstig standen, gingen gleich in Flammen auf. Das Treibstofflager ging ebenfalls hoch. Ich hatte vielleicht Angst, das kann ich Ihnen sagen! Man kann's einfach nicht beschreiben, wie das war. Dann kam der Sturm, mit hundert Meilen in der Stunde. Da vorn, wo Sie jetzt sitzen, stand ein Offizier und schaute aus dem Fenster 'raus. Können Sie sich vorstellen, wie jemand so blöd sein kann? Vielleicht war er einfach wie gelähmt, als er den Feuerball sah. Der Luftdruck jagte ein spitzes Glasstück genau durch seine Brust. Es kam aus dem Rücken wieder 'raus. So was habe ich nie in meinem Leben gesehen. Ein Mann stand da, schaute aus dem Fenster, und aus seinem Rücken schaute ein dreißig Zentimeter langes Stück Fensterglas 'raus . . .«

So ist es also, dachte ich, wenn man auf der Seite sitzt, wo die Ladung ankommt. Davon ahnt man nichts, wenn man tief unter der Erde sitzt und die Titanraketen klarmacht. Rechnen, auftanken, prüfen, Flugbahn berechnen – abschießen. Das ist alles, was man vom Krieg weiß. Man drückt auf einen Knopf, aber man sieht nicht den Mann mit dem Glas in seiner Brust, die zerschmetterten Städte, die Menschen mit neunzigprozentigen Verbrennungen, die schon tot sind, obwohl sie noch herumlaufen, man sieht nicht die wahnsinnig gewordenen Frauen, die taub und blind aus den Ruinen stolpern, denen die Hitze die Kleider vom Leib gesengt hat. Ich schloß die Augen und preßte die Fingerspitzen dagegen. Bunte Feuerbälle tanzten.

Der Sergeant redete immer noch. Ich konnte es einfach nicht länger mit anhören und brüllte:

»Hören Sie auf, zum Teufel!«

Er brach ab und blinzelte mich verständnislos an.

Ich stand auf, schob die Hände in die Taschen und schaute hinaus auf das verlassene Rollfeld.

»Vergessen Sie's, ja«, murmelte ich.

Die weite Fläche des Rollfeldes war die Verkörperung der Verlassenheit. Dünnes, kaltes Mondlicht ließ die Glasscherben glitzern. Der Wind trieb Papierfetzen vor sich her. Vom Westen her zogen schwere Regenwolken heran.

Meine Hände zitterten immer noch. Aber was viel

schlimmer war: Mein ganzes Inneres bebte in einer panischen Angst, wie ich sie noch nie in meinem Leben gespürt hatte.

»Sie haben Ihre Familie in Kalifornien, wie?« fragte der Sergeant leise.

Ich nickte, ohne mich umzudrehen.

»Schlimm, Major. Wirklich schlimm.«

Ich holte tief Luft und wandte mich schließlich vom Fenster ab. Ich mußte mich fangen, mich wieder in die Gewalt bekommen – oder ich war verloren.

Ich fischte ein zweites Fünfdollarstück aus der Tasche. »Ich möchte noch einen Drink.«

»Der geht auf meine Rechnung«, sagte der Sergeant.

5

Die T-6 flog in geringer Höhe von Süden her an. Der Sergeant und ich und zwei verschlafene Männer des Bodenpersonals standen auf der Rampe und schauten zu, wie das alte Schulflugzeug landete.

Der Pilot öffnete das Kabinendach und schaltete den Motor ab. Klappernd blieb die Maschine stehen und knackte noch eine ganze Weile, als sich die Metallteile im kalten Morgenwind abkühlten.

Der Vogel war uralt. Wahrscheinlich hatten sie ihn lange Zeit über sorgsam gepflegt, und wenn man ein Flugzeug ordentlich wartet, dann hält es fast ewig. Aber in letzter Zeit war es vernachlässigt worden. Ölstreifen verunzierten die Unterseite des Rumpfes. Eine Tragflächenspitze war bei einer Bruchlandung leicht eingebeult und nicht repariert worden. Der Motor lief noch eine ganze Weile weiter, nachdem er abgeschaltet worden war. Daraus konnte man schließen, daß er mit miserablem Brennstoff betrieben wurde. Die Hoheitszeichen waren zerkratzt, und die Gummiteile des Ruders waren mehrfach geklebt worden. Die Pneus sahen abgefahren und beinahe platt aus.

»Ganz schöner Blechhaufen, was?« fragte der Sergeant. »Wir nennen den Vogel ›Tacoma-Tornado‹. Er läßt mich immer befürchten, daß die Burschen das Gesetz der Schwerkraft ungültig gemacht haben, um das Ding zum Fliegen zu bringen.«

Der Pilot war ein junger, ziemlich schwerer Mann in einer alten ledernen Fliegerkombination. Auf dem Kopf trug er eine Vereinsmütze des Baseball-Teams von Seattle. Er kletterte über die Tragfläche herunter und kam breitbeinig auf uns zu. Seinen Abzeichen nach war er Marine-Oberleutnant. Anscheinend setzte man die Piloten aller Sorten willkürlich da ein, wo man sie gerade auftreiben konnte.

»Ich habe eine Kiste Granaten für Sie, Sergeant«, sagte er.

Der Sergeant gab eine kurze Anweisung. Die beiden schläfrigen Männer gingen auf die Maschine zu.

Der Pilot warf mir einen Blick zu und schaute den Sergeanten fragend an. Der erklärte, daß ich bis Redmond mitfliegen würde.

»Wird mir ein Vergnügen sein, Major«, meinte der Offizier. »Ich nehme an, der Sergeant hat seinen Obulus schon kassiert?«

»Für Sie auch, Lieutenant«, sagte der Sergeant vertraulich.

Der Marineoffizier schaute mich direkt an. »Sie denken wahrscheinlich, daß wir Schweinehunde sind, weil wir von Ihnen Geld nehmen. Sehen Sie, keiner von uns hat in den letzten beiden Monaten seine Löhnung erhalten. Wir müssen sehen, wie wir zurechtkommen.« Er nahm eine Zigarre aus der Jackentasche, schnupperte genüßlich daran und entzündete sie. »So ist der Krieg, Major.«

Ich betrachtete das Flugzeug. »Ich will gern zahlen – wenn das Ding mich heil nach Redmond bringt.«

»Der alte ›Tornado‹ schafft es schon«, versprach der Offizier. »Übrigens – wie heißen Sie?«

»Gavin. Kenneth Gavin.«

»Ich bin Porky Graber. Früher gehörte ich zur USS FORRESTAL. Keine Ahnung, wo der Kahn geblieben ist.«

»Versenkt?« fragte ich. Ich kannte den riesigen Flugzeugträger von Flottenbesuchen in Los Angeles her.

Graber zuckte die Achseln. »Wer weiß? Wir sind vor sechs Wochen von Bord geschickt worden. Man sagte uns nur: ›Haut ab nach Centralia.‹«

»Was ist in Centralia los?« fragte ich.

»Dort formieren sie besondere Einsatzgruppen. Ein paar Leute von der Army, einige von der Air Force, eine Menge Seeleute. Sie werden dafür geschult, in die abgeschnittenen Gebiete einzudringen.«

Ich fühlte Hoffnung in mir aufsteigen. »Kalifornien?«

Graber schüttelte den Kopf. »Nein, Sir. Das Gebiet von Denver, denke ich.« Er betrachtete mich nachdenklich. »Sie wollen versuchen, nach Kalifornien zu kommen?«

»Ja«, sagte ich. »Irgendwelche Nachrichten von dort?«

»Nichts aus der Gegend südlich von Klamath Falls. Ich habe gehört, sie wollen sich sogar noch weiter nach Norden zurückziehen. Man sagt, in der Stadt hätte es einige Fälle von Milzbrand gegeben.« Seine Zigarre war ihm ausgegangen. Er setzte sie mit viel Sorgfalt wieder in Brand. »Vielleicht weiß man in Redmond mehr. Alle acht bis zehn Tage verkehrt ein Army-Konvoi zwischen Redmond und Klamath Falls. Wenigstens war es bisher so.«

Ich deutete auf die schweren Munitionskisten, die von den beiden Männern weggeschleppt wurden. »Wofür brauchen Sie das da?«

»Man redet davon, daß sich in Tacoma ein paar Banden bilden sollen. Die Bonzen in Centralia wollen sichergehen, daß die Banden nicht auch diesen Flugplatz besetzen. Aber mehr als ein paar Kisten Granaten können sie nicht entbehren. Ein Tropfen auf den heißen Stein!«

»Banden?« fragte ich fassungslos.

Lieutenant Graber blickte mich neugierig an. »Ich nehme an, Sie waren weit entfernt stationiert, Major. Natürlich – Banden! Die Überlebenden tun sich zusammen, um sich das zu beschaffen, was sie brauchen. Nahrungsmittel, Medikamente, Kleidung. Hauptsächlich aber Waffen und Munition. Verdammt, es muß schon mindestens hundert solcher Guerilla-Banden geben, die sich allein oben im Staat Washington 'rumtreiben. Recht und Ordnung gibt's da nicht mehr. Das Militär tut, was es kann – aber das hilft nicht viel!«

»Ich wußte nicht, daß es so schlimm steht«, sagte ich langsam.

»Wo waren Sie überhaupt?«

»Alaska. Unimak Island.«

Jetzt erst schien der Marineoffizier meine Uniform zu bemerken. Meine Jacke war offen. Er sah die Raketenspange auf meinem Hemd.

»So ist das also«, sagte er ruhig.

»Was wollen Sie damit sagen, Lieutenant?« fragte ich.

»Nichts, Major. Ich habe bisher nicht viele von den Raketenboys in Freiheit bewundern können, das ist alles.« Er warf einen raschen Blick über die Schulter, auf den grauen, bedeckten Himmel und dann auf seine Armbanduhr. »Kommen Sie, wir starten lieber. Das Wetter gefällt mir nicht.«

Der Sergeant stieß mich an. »Major, Sie haben jetzt Ihre Maschine!«

Ich nahm zwei Fünfziger von der Geldrolle in meiner Tasche und gab sie ihm. Er sagte zu dem Marinemann: »Wir rechnen ab, wenn Sie auf dem Rückweg vorbeikommen.«

Lieutenant Graber schüttelte den Kopf. Er streckte die Hand aus und schnippte herausfordernd mit den Fingern. Der Sergeant trennte sich zögernd von einem meiner Fünfzigdollarscheine. Graber schob ihn achtlos in die Tasche.«

»Okay«, sagte er. »Aufs Pferd!«

Ich kletterte in den Rücksitz der T-6. Der Sergeant reichte mir meinen Sack und das Paket herauf. Die Kabine des Schulflugzeugs war vollgestopft mit allerlei Ausrüstungsgegenständen, die für Redmond bestimmt waren. Ich machte es mir so bequem wie möglich und schob das Kabinendach vor.

Der Selbststarter war kaputt, deshalb mußte ein Mann des Bodenpersonals den Motor mit einer Kurbel starten. Ich stülpte mir die Kopfhörer über.

Es klickte in den Kopfhörern, dann hörte ich Grabers Stimme: »Wir halten uns erst mal südöstlich und sehen zu, wie sich das Wetter entwickelt.«

Der Vogel setzte sich in Bewegung. Die Radbremsen quietschten, die Treibstoffleitungen dröhnten. Ziemlich rücksichtslos kutschierte Graber die Maschine bis zum Beginn der Startbahn. Ohne weitere Vorbereitungen ließ er den Vogel in den Wind schwenken und riß den Gasknopf heraus. Die mißhandelte T-6 leistete sich ein paar krachende Fehlzündungen, aber sie beschleunigte, und ich fühlte, wie sich das Schwanzende langsam hob. Der Anlauf erschien mir furchtbar lang, aber dann hatte das alte Schulflugzeug endlich die Startgeschwindigkeit erreicht und hob ab.

Lieutenant Graber flog die Maschine sehr niedrig, bestenfalls dreihundert Meter hoch. Im Westen lagen als einheitliche Masse die unübersehbaren Wälder. Die wenigen Städte, die wir überflogen, machten einen verlassenen Eindruck. Dann umflogen wir den aufragenden Mount St. Helena, und danach kamen überhaupt keine Städte mehr, nur noch vereinzelte Landstraßen.

Ich machte mir Gedanken darüber, was wohl geschehen würde, wenn die altersschwache Maschine hier ihren Geist aufgab.

Nachdem wir den Lewis River überquert hatten, änderte sich das Bild der Landschaft. Wir schienen uns den Rändern einer riesigen, verwüsteten Fläche zu nähern. So weit das Auge blicken konnte, nur verbrannte, geknickte Baumstämme. Anscheinend hatte hier wochenlang ein Großfeuer gewütet. An einigen Stellen stiegen noch dünne Rauchsäulen auf und wurden vom Wind nach Norden geweht.

Grabers lakonische Stimme erklärte über die Sprechanlage: »Explosionseffekt, Major. Von der Bonneville-Bombe.«

Ich kannte die Gegend ziemlich gut. Eigentlich mußten wir bald Stabler und Carson erreichen. Doch die beiden Städtchen existierten nicht mehr. Man konnte nicht einmal mit Sicherheit sagen, an welcher Stelle des verwüsteten, verbrannten, zerschmetterten Landes sie sich einmal befunden hatten.

Ich blickte geradeaus. Wo eigentlich der Columbia River sein sollte, sah ich nur einen riesigen Schlammsee. Es war ein gigantisches Binnenmeer mit einer aufgerissenen, verbrannten Küstenlinie.

»Der Megatonnen-See, Major«, erklärte Graber. »Hübsch, nicht?«

So ungefähr mußte unsere Erde ausgesehen haben, bevor sich im Urmeer die Zellverbände geformt hatten.

»Das wollte ich Ihnen mal zeigen, Major«, sagte Graber gleichmütig. »Ich nehme an, entlang der Wolga gibt es ein paar ähnliche Seen. Natürlich kann man nicht näher 'ran, wenigstens nicht auf dem Boden. Die Strahlung ist weitaus höher, als irgendein Meßgerät anzeigen kann. Und das radioaktive Wasser fließt zum Meer hin ab, weil der Columbia River den See immer gefüllt hält. Entlang der ganzen Küste ist das Meer verseucht, aber man kann nicht viel dagegen machen. Portland, Vancouver und die anderen Küstenstädte mußten deshalb evakuiert werden. Es war einer der besten Treffer der Russkies. Mindestens fünfzig Megatonnen, und haargenau ins Ziel. Das Ziel war der Bonneville-Staudamm.«

Ich konnte nichts antworten. Ich konnte nur in sprachlosem Entsetzen auf das schmutzige Wasser da unten starren.

»Sehr eindrucksvoll, nicht wahr?« fragte Graber. »Und jetzt machen wir uns am besten davon. Wir kriegen eine Menge Strahlung ab, und die Mediziner meinen, man soll so etwas nicht übertreiben.«

Er gab Gas. Die Maschine stieg, und wir flogen am Seeufer entlang nach Süden.

Als wir das Kaskaden-Gebirge erreichten, wurde die Gegend für mich noch vertrauter. Hier am Deschute River hatte ich oft gefischt. Über die rechte Tragflächenspitze konnte ich das gerade Band der Bundesstraße nach Kalifornien sehen.

Hier sah der Tannenwald genauso aus, wie ich ihn in Erinnerung hatte, grün und üppig bedeckte er den Vulkanboden des Deschute Valley. Als wir das Indianer-Reservat an den warmen Quellen überflogen, erkannte ich Hütten und Zelte. Die Indianer lebten hier wahrscheinlich nicht viel anders, als sie immer gelebt hatten. Sie jagten und fischten, und jetzt erschien mir diese Lebensweise auf einmal nicht mehr so altertümlich.

Aber etwas weiter südlich, mitten im weglosen Forst zwischen Camp German und Sisters, erblickten wir den Rauch eines Lagerfeuers. Sofort ging Lieutnant Graber tiefer.

Auf einer kleinen Lichtung waren Pferde und Maultiere angebunden. Menschen rannten in Deckung, andere hoben ihre Gewehre und feuerten auf uns.

Graber flog zwei enge Runden um die Lichtung. Männer versuchten, die Tiere verschwinden zu lassen. Schließlich zog Graber die Maschine hoch und schlug wieder den ursprünglichen Südkurs ein.

»Sie haben auf uns geschossen, Graber«, sagte ich in mein Mikrophon. »Haben Sie das nicht bemerkt?«

»Natürlich«, antwortete Graber. »Ich habe die Stelle auf meiner Karte markiert. Was glauben Sie, wie schnell die jetzt ihre Zelte abbrechen! Sie wissen genau, daß ihnen noch heute nachmittag eine Militärstreife auf den Fersen sitzt.«

»Banditen?«

»Klar, Major. Ich hab' Ihnen doch gesagt, daß es in der Gegend Dutzende von bewaffneten Banden gibt. Wird schwer sein, die Kerle zu erwischen, weil sie Pferde haben. Die Army hat nur Geländewagen in

Redmond. Im Wald nützen diese verdammten Dinger gar nichts.«

»Was geschieht mit den Leuten, wenn sie von der Streife erwischt werden?«

»Sie werden erschossen«, sagte Graber brutal.

»Wie steht's mit einer Verhandlung für sie, Lieutenant?« fragte ich. »Es ist doch bestimmt nicht jeder ein Bandit, der in den Wäldern lebt.«

Er schwieg eine ganze Weile, dann sagte er: »Eine Kugel ist immer noch besser als zu verhungern.«

»Das ist keine Antwort, Graber! Was geschieht mit denen, die keine Banditen sind?«

»Das geht mich nichts an«, sagte Graber knapp und schaltete den Sprechverkehr ab.

Wenig später erreichten wir Redmond. In der Stadt gab es sogar Zivilisten. Ich hörte Graber mit dem Flugplatz sprechen, dann setzte er zur Landung an.

Wir waren die einzige Maschine auf dem großen Platz und wurden als Sensation angesehen. Anscheinend gab es hier nicht viel Flugverkehr.

Als die Maschine ausrollte, erblickte ich eine Kolonne von Militärfahrzeugen am Rande des Rollfeldes. Die Geländewagen wurden mit Packen und Fässern beladen – anscheinend Sprit.

Es gab nur eine mögliche Richtung, die der Konvoi von hier aus einschlagen konnte: nach Süden.

Also meine Richtung!

6

Redmond wirkte wie eine Siedlerstadt des Wilden Westens. Die unbefestigten Straßen waren grundlos vom Regen, aber erfüllt von hektischem Leben. Ich sah alle Sorten von Uniformen und auch Zivilisten mit Gewehren. Sie trugen Blechschilder mit den Zeichen des Zivilschutzes: CD – Civil Duty.

Graber half mir mit meinem Gepäck. Wir warfen es in eine Ecke des Gebäudes, das als provisorische Kommandantur diente. Graber bat den Aufsichtshabenden, darauf aufzupassen, damit nichts von meinen Sachen gestohlen werde.

»Überall gibt's Langfinger, Major«, sagte er. »Man kann nicht vorsichtig genug sein.« Seine Augen verengten sich. »Sollen wir nicht erst was essen gehen?«

»Falls dieser Konvoi da drüben für Klamath Falls bestimmt ist, will ich auf jeden Fall mit«, sagte ich.

Graber grinste. »Das ist Collingwoods Konvoi. Er soll um fünfzehn Uhr abmarschieren, und er wird auch auf die Sekunde pünktlich aufbrechen. Aber eines kann ich Ihnen sagen, Major: Sie werden sich eine tolle Geschichte einfallen lassen müssen, wenn Sie mitgenommen werden wollen.«

»Wer ist dieser Collingwood, und wo kann ich ihn finden?«

»Major J. E. B. Collingwood von der US-Army. Er ist im Offiziersklub, und genau dorthin gehen wir jetzt.«

»Offiziersklub? Das ist doch ein Witz, wie?«

»Nein, zum Teufel! Die ganze verdammte Welt kann in Stücke fallen, aber wir müssen einen Offiziersklub haben. – Übrigens, falls Sie Rasierzeug in Ihrem Gepäck haben, dann sollten Sie es lieber mitbringen.

Sie sehen ein bißchen heruntergekommen aus, und wenn Sie nach Klamath Falls mitfahren wollen, müssen Sie schon einen ordentlichen Eindruck machen.«

Es dauerte eine Weile, bis ich das verdaut hatte. Dann holte ich mein Rasierzeug aus dem Packen und folgte ihm.

Graber und ich gingen eine schlammige Straße entlang, bis wir eine große Baracke erreichten. Der Posten davor salutierte stramm. Graber warf mir einen raschen Blick zu, als wollte er sehen, wie ich reagieren würde. Ich hatte keine Ahnung, wie ich mich verhalten sollte. Der MP-Mann war tadellos in Schale. Helm, Koppelzeug und Handschuhe blitzten in makellosem Weiß. Er hätte genausogut in Arlington Wache stehen können und nicht vor einer schäbigen Holzbude mitten in den Wäldern von Oregon.

Ich erwiderte den Gruß. Vermutlich war das die zakkigste Geste, zu der ich mich seit Monaten hatte hinreißen lassen. Dabei überkam mich ein höchst eigentümliches Gefühl, in einer völlig unrealistischen Welt zu leben.

Graber kicherte leise. »Collingwood ist gleichzeitig der Kluboffizier, Major. Wenn Sie sich das hier anschauen – können Sie sich dann vorstellen, was für ein Kerl das ist?«

»Ich fürchte, ja«, antwortete ich vorsichtig.

»Der Kommandierende Offizier hier ist Oberstleutnant Unger. Dem Namen nach befehligt er den Posten. Aber er ist ein Rechtsanwalt und kommt aus der Rechtsabteilung des Pentagon hierher. War ein reiner Zufall, daß er hier hängengeblieben ist. Unger ist ein netter Bursche, aber er hat keine Ahnung, wie ein Infanterieposten funktioniert – und das ist Redmond jetzt. Wir haben zwar Leute aus der Marine und Luftwaffe hier, auch ein paar bewaffnete Zivilisten – aber keiner zweifelt daran, daß es sich um einen Infanterieposten handelt. Collingwood ist Infanterieoffizier.«

Wir traten ein. Die Hitze in der Baracke war erstikkend. Es waren so viele Leute da, daß sie sich gegenseitig auf die Füße traten. In der entgegengesetzten Ecke gab es eine Bar, aber sie war geschlossen. Ein Schild besagte, daß sie erst um 18 Uhr geöffnet würde. Ein paar Männer in Weiß servierten einen frühen Lunch, der aus Dosenfleisch und Bohnen zu bestehen schien. Das Zeug sah grau und unappetitlich aus, aber es war offensichtlich eßbar, und ich hatte Hunger.

Ich drehte mich nach Graber um, weil ich ihn fragen wollte, wo ich mich waschen und rasieren könnte. Da stand ich plötzlich einer Gestalt gegenüber, die einem Armeehandbuch des Jahres 1930 hätte entsprungen sein können.

Der Mann war klein und drahtig, mit einem glatten, ausdruckslosen Gesicht. Seine Augen waren schmal und von einem eisigen Blau. Sie standen eng beisammen. Kurzgeschnittenes blondes Haar mit einigen grauen Strähnen bedeckte den wohlgeformten Schädel. Der Mann hatte volle, farblose Lippen und darüber einen Schnurrbart.

Niemand brauchte mir zu sagen, daß ich Major Collingwood gegenüberstand.

Er trug Reithosen und Stiefel, die in sattem Mahagonibraun glänzten. An den Fersen blitzten silberne Ziersporen. Die grüne Army-Bluse saß knapp und war mit zwei Reihen Ordensspangen dekoriert.

Er trug die Rangabzeichen an seiner Bluse und auch an den Schulteraufschlägen. In der Hand hielt er eine dünne Gerte.

Eigentlich sah er aus wie die Witzzeichnung eines

Wege.‹ Ihr Konvoi scheint im Moment dieser kürzeste und schnellste Weg zu sein. Deshalb werde ich mitfahren.«

Die manikürten Finger rollten das Stöckchen hin und her.

»Kann ich diese Papiere mal sehen?« fragte er.

Ich holte das Papier aus meiner Hemdtasche. Es war von Colonel Sayre und Captain Reis für die Provisorische Regierung unterschrieben. Collingwood studierte es ausführlich. »Sie sind vorübergehend beurlaubt, Major, wie ich sehe. Verlassen Sie die Armee?«

»Ja. Sobald ich zu Hause bin.«

Collingwood betastete vorsichtig das Papier. »Anscheinend hat dieser Colonel Sayre keine Ahnung, wie es südlich von Klamath Falls aussieht.«

»Er wußte, wie es dort aussieht, und ich weiß es auch, Major. Aber darüber zerbreche ich mir den Kopf, wenn ich dort bin. Sie brauchen sich darüber keine Sorgen zu machen.«

Die beiden jungen Offiziere, die bis jetzt Major Collingwood so aufmerksam zugehört hatten, machten einen verlegenen Eindruck und verabschiedeten sich hastig. Aus der Nähe besehen, wirkten Collingwoods Augen ein wenig feucht. Ein dünnes Lächeln spielte um seine Lippen. »Wie ist Ihr Dienstalter, Major?« fragte er.

Ich war jetzt drauf und dran, ihm die Faust ins Gesicht zu schlagen. Nur mühsam beherrscht sagte ich: »Major Collingwood, alles, was ich brauche, ist eine Gelegenheit, nach Klamath Falls zu gelangen. Ich habe nicht die Absicht, mich in Ihre Befugnisse einzumischen.«

»Sehr rücksichtsvoll von Ihnen, Major Gavin«, sagte Collingwood kühl. »Es kostet einen Air-Force-Offizier sicher große Überwindung, so etwas zu sagen. Aber so einfach liegen die Dinge leider nicht. Von hier bis Klamath Falls gibt es keine Posten mehr. Wir werden auch keine Luftaufklärung oder andere Unterstützung haben. Dafür gibt es in diesem Gebiet mehrere hundert Banditen in wohlorganisierten Gruppen. Wahrscheinlich werden wir gegen eine oder mehrere von diesen Banden kämpfen müssen. Sie werden verstehen, daß ich dabei keinen Ballast mit mir herumschleppen kann – nicht einmal einen so verdienten Offizier wie Sie.«

»Schön«, sagte ich. »Und wenn ich mich für die Dauer der Fahrt Ihrem Befehl unterstelle?«

»Das könnte die Situation in etwas anderem Licht erscheinen lassen, Major Gavin.«

»Ich habe nichts dagegen«, sagte ich knapp.

Collingwood lächelte. »In diesem Fall werden Sie sich pünktlich um fünfzehn Uhr beim Konvoi einfinden, Major.« Er hob seine Reitgerte mit der Überheblichkeit eines Feldmarschalls, drehte sich auf dem Absatz um und marschierte davon.

7

Um 13 Uhr 30 startete Graber zu seinem Rückflug nach Tacoma und Centralia. Ich ging zum Flughafen, um mich von ihm zu verabschieden. Als sein Vogel verschwunden war, schlenderte ich zum Sammelplatz des Konvois.

Waffen und Gepäck waren verladen. Die Geländewagen brachten Nahrungsmittel, Medikamente, Stacheldraht und Treibstoff nach Klamath Falls. Neben den Wagen standen etwa zwanzig Soldaten und fünf Männer von der Marineinfanterie. Collingwoods Adjutant war ein junger Artillerieoffizier namens Bayles. In seinem Kampfanzug wirkte er nervös und unterernährt.

Er grüßte und sagte: »Ich nehme an, Sir, daß Sie mit Major Collingwood im ersten Wagen fahren sollen.«

»Ich bezweifle, daß das sein Wunsch ist«, antwortete ich trocken. »Ich bleibe lieber bei der Mannschaft. Ist in Nummer sechs noch Platz?«

»Ich denke doch. Ich werde veranlassen, daß sich jemand um Ihre Sachen kümmert.«

»Lassen Sie nur, Lieutenant, damit komme ich schon allein zurecht.«

Ich hob mein Gepäck auf und ging die schnurgerade Reihe der Fahrzeuge entlang. Ein untersetzter Corporal half mir, mein Gepäck auf dem sechsten Wagen zu verstauen. Er fragte mich, ob ich eine Waffe hätte. Als ich ihm meine 45-er Automatik zeigte, meinte er: »Tragen Sie die Waffe lieber, Sir. Major Collingwood sieht so etwas gern.«

Das bezweifelte ich nicht. Collingwood machte wirklich den Eindruck eines Mannes, der sich am Anblick von Waffen begeistern konnte. Ich packte Pistole, Tasche und Gürtel aus und legte das Ding an. Das Gewicht der nagelneuen Waffe an meiner Seite war ungewohnt. Ich kam mir albern vor, wie ein Theaterheld.

Der Corporal beobachtete mich aufmerksam.

»Brandneue Waffe, was?«

Er nickte gedankenvoll. »Dort, wo Sie wren, brauchten Sie das nicht, schätze ich.« Er blickte auf meine Raketenspange.

In seiner Stimme entdeckte ich die Reserve, die versteckte Abwehr, die ich nun schon kannte. Anscheinend verband sich für alle diese Männer, die nicht selbst in den unterirdischen Startrampen gesessen hatten, das Erlebnis der Hölle mit den Männern, die den thermonuklearen Tod über Tausende von Meilen auf die Reise geschickt hatten.

Immer mehr Soldaten kletterten auf den Geländewagen. Einige waren mit Karabinern bewaffnet, andere mit Maschinenpistolen. Zwei Mariner tauchten mit einem Flammenwerfer auf und bugsierten ihn auf die Ladefläche. Dann stiegen sie selbst nach. Alle betrachteten mich neugierig, aber keiner sprach auch nur ein einziges Wort mit mir.

Genau drei Minuten vor 15 Uhr tauchte Major Collingwood auf. Er hatte die Uniform gewechselt. Er trug zwar noch immer Reitstiefel und Peitsche, aber anstelle der Uniformbluse trug er eine Fallschirmjägerjacke aus grünem Tarnstoff. Seinen Schädel zierte ein Stahlhelm mit dem Ahornblatt seines Ranges, gerahmt von zwei Blitzstrahlen links und rechts davon. Um die schmale Taille hatte er sich mit einem Pistolengurt geschmückt, der in keiner Vorschrift stand. Zwei Marinepistolen mit weiß eingelegten Beingriffen ragten heraus.

Alles in allem bot er einen komischen Anblick, aber niemand lachte.

Mit schnellen, federnden Schritten ging er an der Kette der Fahrzeuge entlang nach vorn und verschwand aus meinem Blickfeld.

Dann ertönte vorn ein Trompetensignal, das in dieser Situation wie ein Anachronismus wirkte. Motoren wurden gestartet. Aber noch setzten wir uns nicht in Bewegung. Ich warf einen Blick auf meine Uhr. Es war genau anderthalb Minuten vor 15 Uhr.

Lieutenant Bayles erschien atemlos an unserem Fahrzeug und salutierte. »Empfehlung von Major Collingwood, Sir. Sie möchten sich bitte mit Ihrem Gepäck am ersten Wagen melden.«

Die einfachen Soldaten neben mir musterten mich neugierig und warteten, wie ich reagieren würde. Aus einem nicht erklärbaren Grund erschien es mir wichtig, Collingwood gleich von Beginn an die Grenzen aufzuzeigen, die seiner Befehlsgewalt mir gegenüber gesetzt waren.

Sehr förmlich antwortete ich: »Richten Sie Major Collingwood aus, daß ich bis zur ersten Rast diesen Wagen benutzen werde, Lieutenant. Nachher steige ich vielleicht zu ihm um.«

Diese Antwort schien Bayles in Verlegenheit zu bringen. Unschlüssig betrachtete er mich, dann schaute er hastig auf die Uhr und sagte: »Ich werde es bestellen, Sir.«

Als er gegangen war, streckte mir der untersetzte Corporal die Hand hin und sagte: »Ich bin Corporal Williams, Major. Gene Williams.«

Ich drückte ihm die Hand. »Gavin. Ken Gavin.«

Die anderen Männer auf dem Geländewagen grinsten und stellten sich nacheinander vor.

»Was gibt's, Williams?« fragte ich direkt.

»Ach, die Boys waren nur neugierig, wie Sie reagieren würden, wenn Collingwood auf den Knopf drückt. Sie sind schon in Ordnung, Sir.« Er schob sich den Helm in den Nacken und fügte hinzu: »Verstehen Sie mich nicht falsch, Major. Wenn es ringsherum knallt, dann gibt es keinen Besseren als Collingwood, um die Lage unter Kontrolle zu halten. Er ist ein guter Soldat, daran gibt's keinen Zweifel. Aber nicht gerade ein liebenswürdiger Mensch. Ein lausiger Krieg, Major.« Er seufzte.

»Der Krieg ist vorbei, Williams«, sagte ich.

Er korrigierte: »Der Krieg gegen Rußland ist vorbei. Aber hier in der Gegend wird immer noch geschossen.«

Die Kolonne setzte sich in Bewegung. Die Raupen der Geländefahrzeuge mahlten in dem groben, vulkanischen Erdreich.

Es war Punkt 15 Uhr.

Auf der einsamen Straße entlang dem Deschute River gab es keinen Verkehr. Der Wind hatte Sand und trokkene Tannennadeln über den Asphalt der Straße getrieben, so daß der Konvoi eine Doppelspur hinterließ. Die Männer saßen schweigend da, auf ihre Waffen gestützt. Sie rauchten und dösten vor sich hin. In den offenen Fahrzeugen konnte man sich ohnehin nur schwer verständigen.

Wir hielten ein gleichmäßiges Tempo von sechzig Stundenkilometern ein. Collingwood hatte Lieutenant Bayles in einem Jeep vorausgeschickt. Auf der schnurgeraden Straße konnten wir in einiger Entfernung den grünen Wimpel an der Antenne des Jeeps sehen.

»Warum hat er den Jeep vorausgeschickt?« fragte ich den Corporal Williams.

»Er muß nach Straßensperren Ausschau halten. Manchmal versuchen sie uns auf diese Weise zu stoppen. Wenn wir Bend hinter uns haben, wird der Major Bayles ans Ende der Kolonne schicken und selbst die Spitze übernehmen. Eigentlich sollten wir auch die Flanken decken, aber dafür haben wir nicht die richtigen Fahrzeuge. Ich habe gehört, daß Collingwood aus Centralia Tanks angefordert hat, aber daraus ist nichts geworden.«

Tanks! dachte ich bitter. Mitten in Oregon! Aber der dichter werdende Forst wirkte auf mich jetzt plötzlich dunkler und drohender.

Um 16 Uhr 30 erreichten wir Bend, aber wir hielten nicht an. Die Stadt war verwüstet. Die Schaufenster der Geschäfte waren zertrümmert, manche mit Brettern vernagelt. Ein Sportgeschäft, in dem ich vor langer, langer Zeit einmal eine Fischrute gekauft hatte, existierte nicht mehr. Ein paar Leute standen am Straßenrand und blickten uns schweigend an, als wir durch die Stadt rollten. Ich bemerkte bewaffnete Männer mit CD-Schildern.

»Beliebt sind wir hier nicht«, erklärte Williams. »Die Leute sehen uns immer mit dem Zeug für Klamath Falls durchfahren, und ihnen fehlt es selbst am Nötigsten.«

Die Soldaten duckten sich hinter die gepanzerten Seitenwände des Geländewagens.

»Ein wilder Bursche hat vor zwei Wochen aus einem Haus auf uns geschossen«, sagte Williams ausdruckslos. »Collingwood ließ ihn aufhängen. Das ist ein weiterer Grund für ihren Haß. Der Junge war gerade fünfzehn.«

Wir rumpelten durch die Stadt. Sie erinnerte mich an eine Stadt in Vietnam, durch die ich vor Jahren gefahren war. Die Menschen am Straßenrand hatten uns damals mit genau den gleichen Blicken angeschaut. Eben so, wie hungrige, elende Menschen die gut gekleideten, satten betrachten. Als wir Bend endlich hinter uns hatten, fühlte ich mich irgendwie schuldig. Aber gleichzeitig beschlich mich ein beschämendes Gefühl der Erleichterung, daß ich diese ausgemergelten Gestalten, diese verkniffenen Gesichter und die bohrenden Blicke nicht mehr zu sehen brauchte.

Die Sonne berührte schon die ausgezackte Silhouette des Caskade-Gebirges und der Wind blies kälter als bisher, da erreichten wir die Kreuzung der US

97 mit der Landstraße nach Silver Lake, die nach Südosten verläuft. Hier fließt der östliche Arm des Deschute River in weiten Windungen durch Wiesen und bildet, ein ganzes Stück vom Waldrand entfernt, fast einen geschlossenen Kreis.

Kommandos ertönten. An den Außenseiten der Fahrzeuge wurden Maschinengewehre in Stellung gebracht. Collingwood und Bayles fuhren jetzt mit dem Jeep über den unebenen Boden um die Flußschleife herum.

»Hier kampieren wir«, erklärte Corporal Williams, während er den Männern half, das schwere Maschinengewehr auf den Sockel zu heben. »Südlich von Bend wird nachts nicht viel herumgefahren.«

Ich sprang vom Wagen und ging auf den Fluß zu. Das Camp, das gerade eingerichtet wurde, erinnerte mich an die Wagenburgen der ersten Siedler. Die Situation war jetzt genau dieselbe.

Im Innenkreis stellten die Männer die Zelte auf. Die Sonne war gesunken, es wurde rapide kälter. Ich hatte weder einen Schlafsack noch ein Zelt und fand mich schon damit ab, eine eiskalte, miserable Nacht im Führerhaus eines der Geländefahrzeuge verbringen zu müssen.

Jeder hatte etwas zu tun – jeder außer mir. Ich setzte mich auf einen umgestürzten Baumstamm in der Nähe des Flusses und blickte zum Himmel hinauf. Es tat nicht gut, an die Vergangenheit zu denken. Dafür hatte ich immer noch genug Zeit, wenn ich Pam und Sue erst einmal wiedergefunden hatte.

Ich stand auf und ging langsam zum Camp zurück.

8

Corporal Williams kam mir entgegen, beladen mit Munition für die Maschinengewehre der Posten.

»Lieutenant Bayles hat Sie gesucht, Sir«, sagte er. Dann deutete er auf ein Spitzzelt in der Nähe des ersten Fahrzeugs. »Die Offiziersmesse ist dort drüben, Sir.«

»Danke, Corporal«, sagte ich und ging hinüber. Seltsam – es kam mir gar nicht absurd vor, daß es hier eine »Offiziersmesse« für ganze drei Offiziere gab. Das war wieder typisch für Collingwood.

In dem Zelt standen Collingwood und Bayles, über eine Karte der Gegend gebeugt. Eine Benzinlampe warf ein grelles, weißes Licht auf ihre Gesichter. Collingwoods weißes Haar wirkte jetzt noch metallischer als bei Tageslicht.

Bayles sagte gerade: »Corliss wurde bei Morgengrauen in der Nähe von Crescent überfallen, Sir.«

»Corliss war ein verdammter Narr«, bemerkte Collingwood knapp. »Er hätte sein Camp besser sichern müssen. Mit Banditen macht man keine Geschäfte. Man bringt sie um.« Er blickte von der Karte auf und sah mich. »Ah – Gavin! Wir haben uns um Sie schon Sorgen gemacht.«

»Das war unnötig«, sagte ich ruhig.

»Corporal Williams hätte Ihnen sagen müssen, daß Sie sich nur innerhalb des bewachten Kreises bewegen dürfen. Das Land sieht friedlich aus, ist es aber nicht. Das sollten Sie nicht vergessen.«

»Ich werde mich bemühen, Major«, sagte ich rauh.

Collingwood faltete die Karte zusammen und steckte sie in eine Tasche seines Kampfanzugs. Er tippte Bayles mit seinem Stöckchen gegen die Brust und sagte: »Lieutenant, geben Sie unserem Gast etwas zu trinken.«

Bayles kramte in dem Zeug herum, das an der Wand des Zeltes aufgestapelt war. Er förderte eine Flasche Rum zutage. Dann schüttete er einen Schluck heraus in ein Eßgeschirr und reichte es mir.

»Nehmen Sie sich auch einen, Bayles. Major Gavin sieht so aus, als tränke er nicht gern ohne Gesellschaft.«

Gehorsam goß sich Bayles ebenfalls einen Schluck ein.

»Ich trinke nicht«, erklärte Collingwood. »Lassen Sie sich den Rum trotzdem schmecken.«

Ich nickte. Der Major wandte sich an Bayles: »Sie kontrollieren jetzt die Posten, Lieutenant.«

Hastig antwortete Bayles: »Ich bin schon auf dem Wege, Sir.« Er setzte den Helm auf und verließ rasch das Zelt.

»Ach, Bayles!« rief ihm Collingwood nach. Der junge Offizier blieb vor dem Eingang erwartungsvoll stehen. »Sir?«

»Achten Sie darauf, daß die Männer den Fusel nicht riechen, Lieutenant!«

Bayles wurde rot.

»Jawohl, Sir.« Dann ließ er die Eingangsbahn niederfallen. Seine Schritte verklangen auf dem weichen Boden.

Ich blickte Collingwood an und fragte: »Drangsalieren Sie Ihre jüngeren Offiziere immer so?«

Zu meiner Überraschung lachte Collingwood. Es war ein trockenes Lachen ohne Humor. »Fast immer. Besonders dann, wenn es sich um Säufer wie Bayles handelt.«

»Der Junge ist Alkoholiker?« fragte ich überrascht.

»Nicht vom medizinischen Standpunkt, Gavin. Er trinkt nur, weil er Angst hat. Aber er fürchtet sich fast immer. Überrascht Sie das?«

Ich setzte mich und betrachtete das Eßgeschirr zwischen meinen Händen.

»Nein, es überrascht mich eigentlich nicht. In einer solchen Zeit empfinden wir vielleicht alle zuweilen Angst.«

Collingwoods Finger streichelten das elastische Stöckchen.

»Gavin, ich kann Ihnen versichern, daß nicht alle Angst haben«, antwortete er mit besonderer Betonung.

»Trinkt Lieutenant Bayles viel? Ich meine – stellt er ein Problem dar?«

»Ein militärisches Problem, meinen Sie?« Collingwood betrachtete mich amüsiert.

»Meinetwegen. Ist er ein Sicherheitsrisiko? Und wenn ja – warum nehmen Sie ihn dann mit? Für einen so kleinen Konvoi brauchen Sie sicherlich keinen Adjutanten. Und sollten Sie einen brauchen, dann finden sich in Redmond bestimmt eine Menge geeignetere Leute.«

»Ja, es gibt in diesem Stützpunkt genug gute junge Offiziere. Bessere als Lieutenant Bayles, bei weitem bessere. Sie haben recht, ich brauche für einen solchen Auftrag eigentlich keinen Adjutanten. Bayles behindert mich sogar. Jetzt werden Sie sicher fragen, warum ich mich dann mit Bayles belaste . . .«

»Im Gegenteil, Major«, sagte ich. »Ich weiß zwar nicht, warum es Ihnen Spaß macht, den armen Kerl zu peinigen. Aber das ist doch der Grund, warum Sie ihn mitnehmen, wie?«

Collingwood grinste häßlich.

»Sie beobachten genau, Gavin. Guter Psychologe, was?« Er lachte wieder.

Ich stand auf und schenkte mir noch einen Rum ein, ohne zu fragen. Dann sagte ich:

»Collingwood, ich könnte mir vorstellen, daß Sie den ganzen Konvoi gefährden, indem Sie einen jungen Mann mit Problemen mitnehmen.«

»Da irren Sie sich, Gavin!« antwortete Collingwood nachdrücklich. »Hier draußen stellt alles ein taktisches Problem dar, wenn Sie so wollen. Selbst ein Feigling wie Bayles. Sehen Sie, ich bin jetzt seit dreißig Jahren Berufssoldat. Glauben Sie wirklich, daß es mir genug Befriedigung gibt, mich mit solchem Pack herumzuärgern? Wenn Sie das denken, dann sind Sie ein Narr. So leicht will ich es mir nicht machen. Ich will mir überhaupt nichts leicht machen, deshalb nehme ich Bayles mit. Als Komplikation ist er kein sehr bedeutender Faktor – aber im Moment eben der einzig erreichbare.«

Ich starrte ihn an. In diesem Augenblick überwog in mir das Mitleid beinahe die Abneigung gegen diesen Mann. Welche Komplexe mußten in ihm verborgen sein?

Er streckte die Beine aus und schlug mit dem Stöckchen gegen die hochpolierten Lederschäfte.

»Dreißig Jahre!« sagte er wütend. »Ich meldete mich freiwillig, als ich gerade fünfzehn war. Ich kämpfte in Okinawa. Nach dem Krieg machte ich die Aufnahmeprüfung für West Point. Sie wollten mich nicht haben – aber sie mußten mich dann doch aufnehmen. Ich hatte von tausend Bewerbern das drittbeste Ergebnis. Aber nach Korea und Vietnam war ich immer noch Lieutenant. Sie haben mir alle möglichen Auszeichnungen verliehen, aber man wollte mir kein Kommando anvertrauen. Ich bin Soldat, Gavin! Bei Gott, das bin ich. Und schließlich blieb ihnen nichts anderes übrig, als es mich beweisen zu lassen.«

»Und jetzt – sind Sie zufrieden, wie?« fragte ich ruhig.

Er schlug mit dem Stock hart auf eine Munitionskiste.

»Leute wie Sie, Gavin, haben den Krieg verändert. Ihr – Knopfdrücker wart das! Eine ganze Zeitlang ging alles nach euren Spielregeln. Ihr konntet euch in euren verdammten Erdlöchern verstecken und die Rechenmaschinen für euch den Krieg führen lassen. Aber das ist jetzt vorbei, mein Herr – ein für allemal vorbei!« Er lachte plötzlich. »Die Infanterie ist wieder Königin der Schlacht, Gavin. Und so sollte es auch sein. Männer mit Gewehren in den Händen, die bereit sind, ihre Feinde im Nahkampf zu töten. Eigentlich sollte ich Ihnen und Ihresgleichen dankbar sein. Ihr habt dafür gesorgt, daß man uns wieder braucht.«

Mein Gott! dachte ich entsetzt. Die Welt lag zerschlagen und blutend da, und schon wieder fing alles von vorn an.

Meine Empfindungen ihm gegenüber mußten sich auf meinem Gesicht abgezeichnet haben, denn er fragte mich lauernd:

»Sie mögen mich nicht sehr, wie, Gavin?«

Ich blickte ihm gerade in die Augen und sagte: »Nein, bestimmt nicht.«

»Eigentlich sind Sie nichts weiter als ein verkleideter Zivilist, Gavin«, sagte er verächtlich. »Ich kann nicht erwarten, daß Sie das überhaupt verstehen.«

»Ich verstehe Sie sehr gut, Collingwood. Aber glücklicherweise gibt es nicht allzu viele von Ihrer Sorte.«

Collingwood lachte. »Was waren Sie eigentlich, bevor Sie zur hübschen, himmelblauen Luftwaffe kamen, Gavin?«

»Ich war Lehrer.«

»So etwas Ähnliches dachte ich mir.«

»Ich habe mich immer bemüht, der Jugend etwas über die Geheimnisse der physikalischen Welt beizubringen«, sagte ich nachdenklich. »Vielleicht hätte ich sie etwas anderes lehren sollen. Etwas über Männer, wie Sie einer sind, Collingwood.«

»Sie würden niemals den Mumm aufgebracht haben, Ihren Schülern etwas über die wirkliche Welt zu sagen – so, wie sie ist. Und was sie brauchen, um darin am Leben zu bleiben.«

»Mut ist nicht die ausschließliche Domäne des Berufssoldaten, Collingwood!«

Collingwood grinste. »Sie glauben also, daß Sie etwas davon besitzen, Gavin?«

Ich dachte an Pam und Sue und an die Welt, die wir uns wieder aufbauen wollten. Ich sagte gelassen: »Ja – ich denke, ich habe etwas davon.«

Collingwood stand auf. »Na schön. Wollen mal sehen.« Ein wildes Licht glitzerte in seinen kalten Augen.

Er zog einen seiner eingelegten Revolver aus dem Halfter und entlud ihn, dann nahm er eine der Kugeln und steckte sie wieder in die Kammer. Er ließ die Trommel rotieren. Bevor ich etwas dagegen tun konnte, hatte er sich die Mündung der Waffe gegen die Schläfe gepreßt und abgedrückt.

Die Zeit schien stillzustehen. Ich hatte das Gefühl, als sei das Blut in meinen Adern erstarrt. Ich wartete auf den Donner des Schusses, aber der Hammer traf eine leere Kammer.

Er ließ die Waffe sinken und blickte mich an. Seine Lippen waren blutleer und in einem unmenschlichen Grinsen von den Zähnen zurückgezogen.

Er ließ die Trommel wieder rotieren und hielt mir dann den Revolver hin.

»Jetzt Sie, Gavin!« sagte er. »Sie haben die gleiche Chance wie ich: fünf zu eins.«

Ich starrte auf den Revolver und spürte, wie ich zitterte. So werden Menschen in eine Falle gelockt, dachte ich. Sie fordern uns heraus, bis wir ebenso wahnsinnig geworden sind wie sie, diese Mörder aus purer Mordlust. Und das Furchtbare daran war, daß ich mir in diesem Augenblick nichts sehnlicher wünschte als die Waffe in die Hand zu nehmen und Collingwood zu beweisen, daß er sich irrte. Ich wollte ihm zeigen, daß ich genausoviel stupiden, animalischen Mut aufzubringen wußte wie er. Ich starrte die Waffe an, wie ein Verdurstender ein Glas frisches Wasser anstarrt. Meine Hand streckte sich aus. Es war ein Augenblick am Abgrund des Wahnsinns. Alle Bande, die mich mit der vernunftbegabten Welt verbanden, drohten zu reißen.

Ich ballte die Faust und schlug den Revolver von der Kiste. Dabei spürte ich eine tödliche Trauer, als hätte ich mir meinen sehnlichsten Wunsch versagt.

Collingwood stieß den aufgestauten Atem zischend durch die zusammengepreßten Lippen. Er erhob sich und nahm die Waffe auf. Um seine Lippen spielte ein grausames Lächeln.

»Gießen Sie sich lieber noch einen ein, Gavin«, sagte er voller Verachtung.

Ich stellte das Eßgeschirr mit hartem Ruck auf die Munitionskiste und stand auf Ohne ein weiteres Wort verließ ich das Zelt.

Die kalte Nachtluft tat mir gut. Ich blickte hinauf zu den Sternen, die wie verstreute Diamantsplitter auf dem schwarzen Himmel oberhalb der Waldsilhouette verteilt waren.

9

Am Morgen kroch ich müde und zerschlagen vom Fahrersitz des Wagens, auf dem ich geschlafen hatte. Das Gras unter meinen Füßen war naß vom Tau. Wolken ballten sich im Südosten zusammen und versprachen Regen.

Der Jeep rumpelte über die Wiese auf mich zu. Lieutenant Bayles stoppte neben mir und fragte: »Wollen Sie bei Major Collingwood einsteigen, Sir? Wir brechen in zehn Minuten auf.«

»Nein«, antwortete ich kurz.

Bayles strich sich mit der Hand nachdenklich über das Stoppelhaar und meinte vorsichtig: »Sie könnten auch gern mit mir fahren, Sir. Um ehrlich zu sein: Es wäre mit eine Freude . . .«

»Vielen Dank, gern«, sagte ich. »Ich verlade nur eben mein Zeug.«

Ich stieg ein. Bayles fuhr den Konvoi entlang zum Küchenwagen. Während ich wartete, stritt er sich mit dem Küchensergeanten um zwei Extrarationen herum. Er bekam sie.

Das Spitzzelt der »Offiziersmesse« war bereits abgebrochen und verpackt. Collingwood stand auf dem vordersten Geländewagen und brüllte Kommandos. Raupenketten klirrten, Wagen setzten sich in Bewegung, die letzten Männer sprangen auf. Ich bemerkte, daß die Maschinengewehre auf ihren Sockeln montiert blieben.

Wir warteten, bis sich die gepanzerten Fahrzeuge alle wieder in einer langen Reihe auf der Straße befanden. Dann setzte Bayles den Jeep in Bewegung. Wir nahmen das Ende der Kolonne ein.

»Kam die Idee von Ihnen oder von Major Collingwood, Lieutenant?« fragte ich.

»Sir?« Er war verwirrt.

»Daß ich am Ende der Kolonne fahren sollte.«

Lieutenant Bayles wirkte verlegen. »Nein. Ich meine, es war nicht Major Collingwoods Idee. Er hat darüber gar nichts gesagt. Aber ich – hm . . . wie soll ich das erklären? Mir war es lieber, wenn ich nicht allein in der Kiste sitzen mußte. Es geht mir heute morgen nicht gut.«

Man merkte es ihm an. Die Augen waren blutunterlaufen. Sein Gesicht war fahl wie das eines alten Mannes.

»Haben Sie sich längere Zeit in radioaktiv verseuchten Gebieten aufgehalten, mein Sohn?« fragte ich freundlich.

»Sie meinen Strahlenkrankheit, Sir? Nein, das ist es nicht.« Seine Hände umklammerten das Steuerrad so hart, daß die Knöchel weiß aus den Handrücken traten.

»Wahrscheinlich hat Ihnen Major Collingwood von mir erzählt«, fügte Bayles hinzu.

»Er sagte, daß Sie trinken.«

»Die nackte Tatsache ist die, Major: ich fürchte mich wie ein Schuljunge. Ich habe mich seit dem ersten Tag des Krieges immer gefürchtet. Erst dachte ich, das würde sich mit der Zeit legen. Es ist aber nur schlimmer geworden. Jetzt bin ich soweit, daß nicht einmal Alkohol mehr dagegen hilft.«

Eine Zeitlang fuhren wir schweigend dahin. Ich überlegte mir, was ich diesem Jungen sagen sollte, damit er mich auch verstand. Natürlich hatte er Angst! Jeder Mensch, der seiner Sinne noch mächtig war, mußte Angst haben, wenn er daran dachte, was ihn noch erwartete. Was konnte man von einer Welt erwarten, die zerschmettert, krank und voller Gefahren war?

»Wo waren Sie, als es anfing?« fragte ich.

»Meine Einheit war am Bonneville-Damm stationiert, Sir. Ich kam gerade von einem Urlaub zurück. Mein Zug hatte den Hood River fast erreicht, als die riesige Bombe fiel ...«

Ich dachte an die toten Wasser des Megatonnensees, die ich gesehen hatte. Ich konnte mir gut vorstellen, wie es Bayles zumute war, als er im Westen den tödlichen Rauchpilz aufschießen sah und genau wußte, daß alle seine Kameraden, die er kannte, mit denen er zusammen gedient hatte, jetzt ein Bestandteil dieses schillernden Todesdampfes waren.

»Der Zug setzte bis Dallas zurück«, fuhr er fort. »Dort meldete ich mich beim Standortkommando. Sie schickten mich nach Redmond. Seitdem bin ich hier und kämpfe gegen die Leute im Wald. Einige von ihnen sind wirklich Banditen und Straßenräuber. Aber die anderen haben einfach Hunger, glaube ich. Sehen Sie, Major – ich habe nie einen Russen zu Gesicht bekommen. Die einzigen Leute, gegen die ich bisher gekämpft habe, waren unsere eigenen. Und jetzt sagt man, der Krieg sei vorbei ...«

»Was Sie hier tun, muß sein, Bayles«, unterbrach ich ihn.

Er warf mir einen eigentümlichen Blick zu und fragte: »Ist es wirklich nötig, Sir?«

»Sie müssen daran glauben, daß es sein muß.«

»Haben Sie auch daran geglaubt, Major? Als Sie die Raketen auf den Weg schickten?«

»Ja. Das war etwas, das wir tun mußten.« Gott vergebe mir diese Lüge! dachte ich. Hoffentlich fragte er mich jetzt nicht, warum ich es tun mußte. Darauf gäbe es keine Antwort. Jedenfalls wüßte ich keine zu geben ...

»Major?«

»Ja?«

»Ich möchte nicht sterben. Bin ich deswegen ein Feigling?«

»Niemand, der noch Verstand hat, will sterben, mein Junge.«

Wieder streifte er mich mit einem flüchtigen Blick und sagte: »Als ich gestern abend ins Zelt zurückkam, hatte Major Collingwood einen seiner Revolver in der Hand.«

»Na und?«

»Er ist – hm – ein wenig seltsam, der Major, nicht wahr?«

»Ja, das ist er allerdings.«

Er schien einen Entschluß zu fassen. Ich ließ ihm Zeit. Dann fragte er leise: »Er hat doch nicht an Ihnen das Russische Roulett ausprobiert, wie?«

Ich nickte langsam, ohne etwas zu sagen.

»Was haben Sie getan, Major?«

»Nichts.«

»Wie – überhaupt nichts?«

»Ich bin 'rausgegangen.«

»Mit mir hat er's auch gemacht. Er hat mir den Revolver in die Hand gedrückt und mir gesagt, ich sollte es ihm nachmachen. Das war auf unserem ersten gemeinsamen Konvoi.«

»Und?«

»Ich – hatte Angst, Major. Ich hatte solche Angst, daß meine Knie zitterten.«

»Lieutenant«, sagte ich fest. »Es ist nur natürlich, daß man Männer wie Collingwood fürchtet. Deshalb braucht man sich nicht zu schämen.«

Bayles schüttelte den Kopf. »Ich war ein Feigling, Sir.«

»Ein Mann, der sich fürchtet, ist deshalb noch lange kein Feigling. Oft sind die tapfersten Männer gerade die, die am meisten Angst haben.«

»Ich hätte den Revolver nicht anrühren können.«

»Natürlich nicht. Welcher vernünftige Mensch hätte das getan? Deshalb sind Sie doch kein Feigling – im Gegenteil! Wenn Collingwood es fertiggebracht hätte, Sie zu einer so blödsinnigen Sache zu treiben, dann wären Sie ein wirklicher Feigling gewesen. Bravado ist nicht Mut!«

Bayles sagte unglücklich: »Sehen Sie, ich fürchte mich schon seit so langer Zeit, daß ich ganz vergessen habe, was Mut eigentlich ist.«

»Mut stellt sich zu verschiedenen Zeiten als eine verschiedene Sache dar, mein Sohn. Meistens besteht Mut darin, daß man das tut, was man als richtig erkannt hat und sich weigert, das zu tun, was falsch oder sinnlos ist.«

Er blickte mich verblüfft an.

»Aber im Krieg, Major?«

Auf diese Frage wußte ich keine Antwort. Noch vor ein paar Minuten hatte ich diesen Jungen angelogen. Ich hatte ihm erzählt, daß es notwendig war, was ich getan hatte. Aber der Krieg selbst war auf so brutale Weise sinnlos, genauso sinnlos, wie wenn man sich Collingwoods Revolver gegen die Schläfe gehalten und abgedrückt hätte.

Wer in diesem Zusammenhang von »Notwendigkeiten« spricht, der tritt einfach die Wahrheit mit Füßen. Der weigert sich, die furchtbare Verantwortung für all die Unmenschlichkeiten zu tragen, die gegen die Menschheit begangen worden waren. Jeder von uns trägt einen Teil Verantwortung und einen Teil Schuld. Wenn wir nicht jetzt damit anfangen, die Wahrheit zu sagen, dann wird das immer so weitergehen – immer wieder . . .

»Der Krieg war ein Fehler, Bayles«, sagte ich. »Daß wir mitgemacht haben, das stempelt uns alle zu Feiglingen. Sie und mich und selbst Leute wie Collingwood. Wir waren nicht deshalb Feiglinge, weil wir Angst hatten. Wir waren feige, weil wir nicht den Mut hatten, uns genug zu fürchten. Dafür müssen wir bezahlen. Ich denke, daß das Urteil der Geschichte mir recht geben wird – falls es nach alldem überhaupt noch eine Geschichte geben wird.«

Unser Frühstück nahmen wir im Fahren ein. Nördlich von Chemult begann es zu regnen. Bayles und ich wurden genauso naß wie die anderen Männer, weil unsere Planen nicht dicht waren. Porky Graber hatte mir erzählt, daß der Regen in dieser Gegend meist radioaktiv sei. Aber wir konnten nichts dagegen tun.

Die Sicht wurde schlechter. Collingwood befahl, in kürzeren Abständen zu fahren. An einer weit gezogenen Straßenkurve konnte ich ihn vorn im ersten Geländewagen sehen. Er suchte den Waldrand mit einem Fernglas ab. Eine gewisse Spannung breitete sich auch unter den Männern aus.

Gleich hinter der verlassenen Stadt Chemult stießen wir auf die Straßensperre.

Ein paar Fichten waren quer über die Straße gefällt und von rückwärts abgestützt worden, so daß es unmöglich war, sie mit den gepanzerten Fahrzeugen beiseite zu schieben. Collingwood befahl zu halten. Selbst über das Radio merkte ich seiner Stimme noch die Begeisterung an. Bayles war bleich und besorgt.

Der Konvoi hielt, aber niemand verließ den Schutz der Fahrzeuge.

Plötzlich trat ein Mann aus dem Dunkel des Waldes. Er trug ein Gewehr, aber er hatte es nicht schußbereit in der Hand, sondern an einem Riemen über der Schulter hängen. Er winkte und schrie etwas, das ich nicht verstehen konnte. Etwa fünfzig Schritte vor Collingwoods Wagen blieb er stehen.

Von meiner Position am Ende der Kolonne bemerkte ich etwas, das ihm bestimmt verborgen blieb: Eine Gruppe Soldaten war von einem der vorderen Wagen abgestiegen und verschwand in dünner Schützenkette im Wald. Auch die Marinesoldaten mit den Flammenwerfern waren dabei. Die Aktion verlief lautlos und so rasch, als sei sie oft und oft geübt worden. Minuten verstrichen, während der Mann mit dem Gewehr offensichtlich mit Major Collingwood verhandelte.

Plötzlich kam der leise Befehl aus unserem Radio: »Plan Baker läuft in einer Minute ab. Zeitvergleich!«

Bayles kontrollierte seine Armbanduhr. Er setzte sich quer, so daß seine Beine sprungbereit nach draußen baumelten. An den Seiten der übrigen Fahrzeuge bemerkte ich das Auftauchen von Helmen.

»Dreißig Sekunden«, kam es aus dem Radio.

Der Mann mit dem Gewehr stritt sich jetzt offensichtlich mit Collingwood. Aber verstehen konnte ich immer noch nichts.

»Zwanzig Sekunden«, verkündete die kalte Stimme.

Jetzt hatte ich den Eindruck, als hätte sich Collingwood von dem Fremden überzeugen lassen. Der Mann mit dem Gewehr nickte zustimmend und gab ein Zeichen zum Waldrand hin. Dort tauchten jetzt noch ein paar Männer auf. Nicht alle waren bewaffnet.

»Fünfzehn Sekunden«, flüsterte der kleine Lautsprecher.

»Was wollen die eigentlich?« fragte ich Bayles.

»Wahrscheinlich Nahrungsmittel. Und Waffen.« Seine Stimme klang gepreßt.

»Zehn Sekunden . . .«

»Deckung, Major!« flüsterte Bayles.

»Fünf, vier, drei zwei – eins!« flüsterte es aus dem Radio.

Bei »eins« ratterte vorn an Collingwoods Wagen das Maschinengewehr los. Ich sah die gelbliche Zunge des Mündungsfeuers vorn an der Waffe tanzen. Der Mann mit dem Gewehr wurde zurückgeschleudert, als hätte ihn ein furchtbarer Faustschlag getroffen.

Den Bruchteil einer Sekunde später antwortete hinter den ersten Bäumen des Waldes eine Gewehrsalve. Von allen übrigen Fahrzeugen wurde mit Maschinengewehren und Karabinern das Feuer eröffnet. Die anderen Männer, die aus dem Wald getreten waren, rannten, stolperten und fielen über die Straße.

Collingwood stand jetzt neben seinem Fahrzeug, in jeder Hand einen Revolver. Soldaten sprangen von den Geländewagen und verteilten sich.

Vom Wald her fielen einige wenige Schüsse, streiften das Metall unserer Fahrzeuge und winselten als Querschläger davon.

»Bleiben Sie unten, Major!« schrie Bayles. »Dekkung!«

Erst jetzt bemerkte ich, daß auf mich geschossen wurde. Das war mir zwar nicht zum erstenmal passiert, aber das hier war anders. Eine Kugel schlug mit scharfem Klatschen ein Loch in die Kühlerhaube des Jeeps. Ich saß ab und kniete neben Bayles.

Zwischen den Bäumen sah ich Gestalten rennen, verfolgt von den langen Feuerzungen der Flammenwerfer. Plötzlich leckten die Flammen nach den Baumkronen und fielen zurück wie Feuerregen. Aus dem Wald taumelte eine Gestalt, eingehüllt in Flammen. Sie rannte sinnlos hin und her und brüllte, bis sie zu Boden sank.

»Mein Gott!« flüsterte Bayles.

Im Wald breitete sich inzwischen das Feuer aus und schickte dicke Wolken von ölig stinkendem Qualm zum Himmel empor. Collingwood stand am Straßenrand und feuerte mit seinen Revolvern pausenlos in den Wald hinein.

Plötzlich hörte die Schießerei auf. Kein Geräusch war zu hören, außer dem Trommeln des Regens und dem giftigen Zischen der Flammen unter den Bäumen. Dann stolperten mehrere Gestalten aus dem Wald, die Hände hinter dem Nacken gefaltet. Sie trugen Bärte und waren in Lumpen gekleidet. Im ganzen waren es acht. Die Soldaten trieben sie mit vorgehaltenen Karabinern vor sich her. Dann tauchten auch die Marinesoldaten mit den Flammenwerfern auf.

Ich sagte zu Bayles: »Kommen Sie!«

Der Lieutenant folgte mir. Als wir uns Collingwood näherten, drehte er sich langsam um. Man sah es ihm an, daß er sich in seinem Element fühlte.

»Kommen Sie, Gavin«, sagte er. »Sehen Sie sich das Gesindel an!«

Die Gefangenen standen still da, den Blick auf den Boden gerichtet. Zwei von ihnen waren verwundet, aber niemand dachte daran, ihnen zu helfen. Die Soldaten standen unschlüssig um die Gefangenen herum.

»Wer ist der Anführer?« schnappte Collingwood.

Schweigen.

»Ich habe gefragt, wer dieses Saupack kommandiert?«

Immer noch Schweigen. Nur der Regen fiel mit großen, kalten Tropfen aus dem grauen Himmel. Die Gefangenen blickten zu Boden. Einige von ihnen trugen an den Füßen Lumpen statt Schuhe.

Collingwood stieß einen grauhaarigen Mann mit der Spitze seines Stockes an. »Du da – antworte!«

»Kearny«, murmelte der Alte.

Collingwoods blitzende Augen glitten die Reihe der Männer entlang. »Wer von euch heißt Kearny?«

Einer der beiden Verletzten, dessen Gesicht verbrannt war, antwortete: »Kearny ist tot. Ihn haben Sie zuerst umgebracht.«

Collingwood lächelte dünn. »Und wo befindet sich euer Camp?«

Der Mann schüttelte den Kopf. Collingwood trat vor und preßte die Mündung seines Revolvers gegen den Kopf des Mannes.

»Ich habe dich gefragt, wo das Camp ist.«

Die Augen des Mannes weiteten sich vor Entsetzen. »Ich – weiß es nicht. Ich schwöre bei Gott, daß ich es nicht weiß. Kearny . . .«

Der Revolver krachte erschreckend laut. Der Mann war sofort tot. In dieser Sekunde fühlte ich nichts anderes mehr als Entsetzen und eine namenlose Wut. Irgend jemand hielt von rückwärts meine Arme fest. Es war einer der Soldaten von Williams' Geländewagen. Er schüttelte warnend den Kopf.

Collingwood spannte den Hahn wieder. »Wo ist euer Camp, Mister?« fragte er den Grauhaarigen.

Die Gefangenen waren verwirrt und fassungslos über den kaltblütigen Mord an ihrem Kameraden. Unter der Dreckschicht waren ihre Gesichter weiß.

Der Mann mit den grauen Haaren starrte den Revolver an. Heiser stieß er hervor. »Er wollte es Ihnen gerade sagen – er versuchte, es zu sagen . . . Kearny war der einzige, der es wußte. Heute morgen erteilte er den

Frauen und Kindern Befehl, das Camp zu verlassen. Irgendwohin ... Keiner außer ihm wußte, wo das neue Camp liegt.«

Ich drehte mich um und suchte Bayles mit den Augen. Sein junges Gesicht wirkte steinalt und angespannt. Er kaute auf seiner Unterlippe und atmete flach.

Einer der Gefangenen sagte: »Er spricht wirklich die Wahrheit, bei Gott! Bitte – erschießen Sie uns nicht!«

Nachdenklich ließ Collingwood den Revolver sinken. »Wo kommt ihr her?«

»Wir waren am Diamond Lake«, antwortete der Alte und folgte jeder Bewegung des Revolvers mit den Blikken. »Das ist dreißig Kilometer von hier – vielleicht noch weiter. Ich weiß auch nicht, wie weit das Camp verlegt werden sollte. Nur Kearny wußte das.«

»Wollen Sie auch die Frauen und Kinder ermorden, Major?« fragte ich mühsam.

Collingwood warf mir einen interessenlosen Blick zu und wandte sich wieder an die Gefangenen.

»Ihr alle habt euch des Verrats und des bewaffneten Aufstandes gegen die Regierung der Vereinigten Staaten schuldig gemacht«, erklärte er.

»Herr im Himmel«, sagte einer der Gefangenen. »Wir wollen doch nur was zu essen und ein paar Patronen, damit wir uns ein Stück Wild schießen können.«

»Ihr habt einen Armeekonvoi aufgehalten und aus dem Hinterhalt angegriffen«, fuhr Collingwood eiskalt fort.

»Wir wollten doch nur erreichen, daß Sie anhalten! Sie haben mit Kearny verhandelt. Er sagte Ihnen, was wir brauchen. Ich habe doch gehört, wie er sagte ...«

Der Mann verstummte unter dem eisigen Blick aus Collingwoods Augen.

»Sergeant!«

Ein Sergeant baute sich stramm auf. »Sir?«

»Die Hälfte dieser Männer soll die Straße freiräumen. Die übrigen werden zum Gräberschaufeln abkommandiert.«

»Auch die Verwundeten, Sir?«

»Jeder wird arbeiten!«

Der Sergeant teilte die beiden Gruppen ein. In unserem Konvoi war Corporal Williams der einzige Verletzte. Er hatte eine Kugel kleinen Kalibers in die Hüfte bekommen. Seine Kameraden luden den fluchenden und schimpfenden Williams auf einen der Geländewagen.

Im Wald brannte es immer noch, aber wegen des Regens dehnte sich der Waldbrand wenigstens nicht aus. Die Gefangenen arbeiteten in angstvollem Schweigen.

»Collingwood!« rief ich.

Collingwood betrachtete mich mit einem verzerrten Lächeln.

»Sie nehmen diese Männer doch nach Klamath Falls mit, zum Kriegsgericht, wie?« fragte ich. Es fiel mir schwer, ruhig zu sprechen. Ich dachte an den Mann, der kaltblütig umgebracht worden war.

»Gavin, ich schlage vor, Sie kümmern sich um Ihre eigenen Angelegenheiten«, sagte er gelassen.

»Sie haben ein Recht auf eine Gerichtsverhandlung«, sagte ich. Neben mir stand schweigend Lieutenant Bayles. Er blickte Collingwood erwartungsvoll an.

»Erinnern Sie sich bitte daran, daß Sie sich für die Dauer der Fahrt meinem Kommando unterstellt haben, Gavin«, sagte Collingwood scharf.

»Zum Teufel mit Ihren Befehlen!« flüsterte ich heiser. »Diese Menschen besitzen auch Rechte!«

Collingwood sagte: »Ich habe mir gleich gedacht, daß es Ihnen auf den Magen schlagen würde. Seit gestern abend weiß ich, wie es um Ihren Mut bestellt ist. Wenn Sie glauben, daß Sie es fertigbringen, mir in die Quere zu kommen – versuchen Sie's. Aber denken Sie daran, daß Sie sich nach dem Buchstaben des Gesetzes dann einer Meuterei schuldig machen.«

»Glauben Sie, daß ich in diesem Falle nicht eine Verhandlung vor dem Kriegsgericht riskieren würde?«

»Hören Sie gut zu, Sie Idiot! Es würde in Ihrem Falle keine Verhandlung geben. Ich würde Sie an den nächsten Baum stellen und erschießen. Wenn Sie es mir nicht glauben wollen, dann fragen Sie Bayles. Der lügt Sie nicht an.«

Ich blickte Bayles an, und der nickte. Erst konnte er keinen Laut hervorbringen, dann sagte er heiser: »Stimmt – er würde Sie erschießen, Major.«

Ich stand in sprachloser Verblüffung da. Collingwood wandte sich ab.

»Major«, flüsterte mir Bayles zu. »Legen Sie sich nicht mit ihm an. Er macht seine Versprechungen wahr. Ich kenne ihn.«

Wir warteten, bis die Gefangenen den Weg freigeräumt und ihre Toten in einem flachen Grab bestattet hatten. Der Regen durchnäßte uns alle bis auf die Haut. Der ganze Tag war in ein tristes Zwielicht getaucht.

Collingwood befahl, daß die Gefangenen noch eine zweite flache Grube ausheben sollten. Sie wußten, was nun kam. Einer von ihnen begann zu schreien. Aber die anderen arbeiteten wie leblose Roboter. Ihr eigenes Leben schien sie nicht mehr zu kümmern.

»Lieutenant Bayles!« rief Collingwood scharf.

Bayles schaute mich gehetzt an.

»Bayles, Sie werden das Exekutionskommando befehligen!«

Bayles stolperte auf die Gefangenen zu. Ich blickte ihm mit einem Gefühl blanken Entsetzens nach.

Die Salve rollte zu den Bergen hinüber und wurde als Echo zurückgeworfen. Ich hörte das hastige Kratzen von Schaufeln. Ich drehte mich zu Collingwood um und sagte:

»Sie – Mörder! Sie verdammter Schweinehund!«

Major Collingwood betrachtete mich gelassen.

»Ich habe bisher vielleicht hundert Menschen umgebracht, Gavin«, sagte er und streifte meine Raketenspange mit einem flüchtigen Blick. »Wie viele haben Sie ermordet?«

Er wandte sich ab und ging weg, während ich wie angewurzelt dastand. Verdammt, er hatte recht. An meiner Seite baumelte ein Revolver, aus dem ich noch keinen Schuß abgefeuert hatte. Aber ich war für mehr als zehntausend Gräber verantwortlich.

Langsam ging ich hinüber zum Waldrand und nahm die Raketenspange ab. Das scharfkantige Stück Metall schien in meiner Hand zu glühen. Ich schleuderte es weit weg und schaute zu, wie es sich in der Luft überschlug und irgendwo zwischen den züngelnden Flammen des Feuers verschwand.

10

Es war spät am Abend, als wir nach Klamath Falls kamen. Ich saß neben Bayles im Jeep. Seit dem furchtbaren Zwischenfall hatte keiner von uns mehr ein Wort gesprochen. Ich fühlte mich krank und elend und kam zu keinem rechten Entschluß. Mein Kopf schmerzte vor hilflosem Zorn.

Ich machte mir Sorgen um Lieutenant Bayles. Kilometer um Kilometer hatte er hinter dem Steuer gehangen, wie ein alter Mann, geschlagen und kraftlos.

In der Stadt erblickte ich weniger Lichter als erwartet. Die Straßen waren bis auf Männer mit Gewehren verlassen. Anscheinend gab es hier noch eine Sperrstunde.

Das militärische Sperrgebiet befand sich am Ende der Stadt, wo die Straße den Klamath River überquerte. Wir passierten Stacheldrahthindernisse, die von Posten bewacht wurden. Am Flußufer erhoben sich Reihen von Zelten, Kistenstapeln und Buden.

Erst jetzt schien Bayles wieder zu sich zu kommen. Er verlangsamte die Fahrt und rieb sich die Augen mit dem Handrücken. Dann blickte er mich an und sagte: »Major – ich muß weg von ihm!«

»Sie können doch die Versetzung zu einer anderen Einheit beantragen«, schlug ich vor.

Er sank in sich zusammen. »Das würde er nie gutheißen«, murmelte er.

»Wahrscheinlich nicht. Aber Ihren Antrag muß er doch weiterleiten.«

Er schüttelte den Kopf.

»Hören Sie, mein Sohn, Sie dürfen sich von ihm nicht unterkriegen lassen!« sagte ich.

Bayles betrachtete mich forschend.

»Sagen Sie – er ist doch nicht mehr ganz richtig im Kopf, wie? Ich meine, er muß doch . . .«

»Er sollte kein Kommando mehr haben, das ist klar«, sagte ich bitter.

»Helfen Sie mir, Sir?« fragte Bayles. »Reden Sie mit ihm?«

Ich glaubte nicht daran, daß ich Bayles damit einen Gefallen erweisen würde. Wenn ich mit Collingwood sprach, erreichte ich höchstens das Gegenteil. Vielleicht wollte ich auch nicht in die ganze Geschichte verwickelt werden, trotz meiner persönlichen Abneigung gegen die Art, wie Collingwood sich aufführte. Ich hatte ein anderes Ziel. Ich wollte weiter, nach Hause.

»Sie sollten lieber selbst mit ihm reden. Reichen Sie einen offiziellen Antrag ein.«

Bayles senkte den Kopf und blickte an mir vorbei. Er hatte sich von mir mehr erwartet. Er war enttäuscht und sagte leise:

»Wenn er mich nicht gehen läßt, dann weiß ich nicht, was ich machen soll.«

Collingwood ließ seine Leute antreten und übergab sie einem Sergeanten. Der führte sie zu ihren Quartieren. Dann kam er zu uns herüber und schlug mit seinem Stock auf die Kühlerhaube des Jeeps.

»Lieutenant, wir beide melden uns jetzt zum Bericht. Gavin, die Offiziersquartiere sind im Block E-5. Unten am Fluß.«

»Wer kommandiert das Lager hier, Collingwood?« fragte ich.

»Colonel Brandon. Sein Büro finden Sie in E-2 an der Brücke. Aber so spät wird er nicht mehr dort sein.«

»Dann werde ich ihn morgen früh besuchen.«

Collingwood zuckte verächtlich mit den Schultern

und stieß Bayles mit dem Stock an. »Los, kommen Sie!«

Bayles stieg aus und folgte dem Major wie ein Automat. Ich blickte ihm sorgenvoll nach. Aber im Augenblick konnte ich ihm auch nicht helfen.

Ich trug mein Gepäck zum Quartier der Offiziere hinüber. Der Quartiermeister wies mir ein Bett an. Zu essen bekam man nichts mehr, denn die Messe war schon geschlossen. Ich verspürte ohnehin keinen Hunger. Ich legte mich auf das Bett. Trotz meiner Müdigkeit dauerte es Ewigkeiten, bis ich einschlafen konnte.

Am Morgen suchte ich mir den Offizier vom Dienst, einen schäbig aussehenden Artilleriehauptmann. Ich fragte ihn, ob ich den Kommandanten sehen könnte.

»Was wollen Sie von ihm, Major?« fragte der Captain und betrachtete neugierig meine Air-Force-Uniform.

»Zunächst muß ich nach Süden weiter.«

Der Captain schüttelte traurig den Kopf. »Hat keinen Zweck, das kann ich Ihnen gleich sagen. Von hier kommt keiner nach Kalifornien. Man redet sogar davon, daß wir uns nach Norden zurückziehen sollen, bis Redmond oder sogar bis Dallas.«

»Nach Norden?« fragte ich entgeistert.

»Es ist besser, Major, wenn Sie nicht darüber reden. Aber wir haben in der Stadt zu viele Fälle von Milzbrand gehabt. Wir kriegen kein Serum, deshalb bleibt uns nichts anderes übrig, als zu verschwinden, wenn wir die Garnison nicht gefährden wollen.«

»Aber Sie können doch nicht die Leute hier einfach im Stich lassen und sich nach Norden absetzen, Mann!« protestierte ich.

Der Offizier vom Dienst erklärte geduldig: »Major, der Krieg ist erst seit einer Woche vorbei. Mit der Zeit kommt alles wieder in die Reihe, aber im Moment können wir nichts anderes tun. Wir haben die Grenze nach Süden hin vollkommen abgeriegelt . . .«

»Was bedeutet das, Captain?«

»Kalifornien steht unter Quarantäne, Major. Wer sich in dem verseuchten Gebiet aufgehalten hat, darf nicht weiter als bis Midland. Das ist fünf Kilometer südlich von hier, auf dem US-Highway 97. Sie wissen, daß nicht nur Pferde und Rinder von der Seuche befallen werden. Auch das Wild schleppt sie ein. Die Ärzte haben angeordnet, daß sogar alle Haustiere beseitigt werden müssen. Trotzdem jagen die Leute das Wild und essen infiziertes Fleisch. Jetzt haben wir die Seuche sogar hier in Klamath Falls.«

»Meine Familie ist in Kalifornien, Captain«, sagte ich.

»Ich kann mir vorstellen, wie Sie sich fühlen, Major. Aber für die nächste Zukunft können Sie nicht weiter. Tut mir leid, Major.«

»Dann muß ich es auf eigene Faust versuchen.«

»Hm, Sie sind entlassen, Major. Niemand kann Ihnen vorschreiben, wohin Sie gehen sollen. Aber wir können Ihnen nicht helfen. Und eines sollten Sie überlegen: Sie können wohl in das Seuchengebiet hinein, aber Sie können nicht wieder zurückkommen. Die Posten haben Befehl, ohne Anruf zu schießen.«

»Kann ich irgendein Fahrzeug bekommen?«

Der Captain schüttelte den Kopf.

»Ich fürchte, nein, Major. Ein Armeefahrzeug kommt ohnehin nicht in Frage. Wir könnten keins entbehren, selbst wenn wir irgendeinen Dreh fänden, um die Bestimmungen zu umgehen. Wahrscheinlich können Sie in der Stadt privat einen Wagen kaufen. Vielleicht sogar eine Tankfüllung Benzin. Es gibt einen

Schwarzen Markt. Aber das würde Sie runde fünfundzwanzigtausend Dollar . . .«

»Was?!« schrie ich.

»Fünfundzwanzigtausend Dollar, sagte ich, Major. Sie würden aber doch nicht genug Benzin bekommen, um weit damit zu kommen. Wenn der Tank leer ist – was dann? Ich an Ihrer Stelle würde es mir aus dem Kopf schlagen. Gehen Sie mit der Truppe nach Redmond zurück. Vielleicht gibt es in ein paar Monaten schon Verkehrsmittel, die Sie an jeden gewünschten Ort in Kalifornien bringen. Bis dahin haben wir alles unter Kontrolle, denke ich.«

Aber sehr sicher klang es nicht. Der Gedanke an die Rückfahrt nach Redmond, an eine monatelange Wartezeit, war furchtbar. Ich war bis hierher gekommen. Jetzt wollte ich nicht umkehren.

»Nein«, sagte ich entschieden. »Das mache ich nicht.«

»Wohin wollen Sie eigentlich, Major?«

»Menlo Park.«

»Wo liegt das genau?«

»Fünfzig Kilometer südlich von Frisco.«

Er pfiff durch die Zähne. »Major, das ist ein verdammt langer Fußmarsch!«

»Wenn's keine andere Möglichkeit gibt, dorthin zu gelangen, dann werde ich eben marschieren.«

Er seufzte. »Ich will Ihnen einen Tip geben, Major. Gehen Sie zu dem Mann, dessen Adresse ich Ihnen aufschreibe. Ich verspreche nichts, verstehen Sie? Aber dieser Kerl verfügt über manche dunkle Quellen. Vielleicht kann er Ihnen ein bißchen helfen. Sagen Sie ihm, Captain Drozma schickt Sie.«

Er kritzelte eine Adresse auf den Zettel und gab ihn mir. »August Feldman, 22nd River Street«, las ich.

»Ich bin Ihnen ewig dankbar, Captain«, murmelte ich.

»Wahrscheinlich kommt nichts dabei heraus. Oder nicht viel – und das ist schon besser als gar nichts.«

»Ich möchte den Kommandanten aber trotzdem sehen«, sagte ich.

Captain Drozma blickte mich mit ausdruckslosen grauen Augen an. »Sie sind mit Collingwoods Konvoi hereingekommen, wie?«

Ich nickte.

»Na schön, ich melde Sie an. Heute geht es allerdings nicht. Colonel Brandon inspiziert die Quarantäneposten im Umkreis. Morgen früh.«

Aus irgendeinem Grund quälte es mich, daß ich nun für die nächsten vierundzwanzig Stunden keine Gelegenheit haben würde, den Kommandanten zu sehen. Ich war immer noch unschlüssig, was ich ihm über den Kampf am Chemult erzählen sollte. Aber die Zeit schien auch noch gegen mich zu arbeiten.

»Wenn's nicht anders geht, einverstanden.«

Ich wollte schon gehen, aber Captain Drozma hielt mich zurück.

»Major, wenn Sie Collingwood Scherereien machen wollen, dann nehmen Sie sich in acht. Der Mann ist gefährlich. Jeder hier weiß es.«

»Auch Colonel Brandon?«

»Der Colonel weiß es wahrscheinlich auch.«

»Danke. Ich werde gründlich darüber nachdenken.«

Drozma lächelte ein wenig. »Viel Glück bei Feldman, Major!«

Der Regen ließ ein wenig nach, als ich in den zivilen Teil der Stadt hinüberging. Die wenigen Leute, die ich sah, blieben in kleinen Gruppen beisammen. Ich entdeckte einige, die offensichtlich alles für einen Abmarsch vorbereiteten. Vielleicht wollten sie den abziehenden Soldaten folgen. Andere taten gar nichts. Sie hatten sich vielleicht schon in das unabänderliche Schicksal ergeben.

Die Nummer 22 lag da, wo der Klamath River in den See fließt. Viele der Häuser, die unmittelbar am See lagen, hatten Bootshütten mit Ruderbooten. Trotz des immer noch fallenden Nieselregens konnte ich draußen auf dem See ein paar Boote erkennen. Sie brachten Netze aus, etwas, das ihnen vor dem Krieg niemand erlaubt hätte. Wahrscheinlich war der Fischbestand des Sees eine der wichtigsten Nahrungsmittelquellen für die Anwohner geworden.

Das Haus selbst war hübsch und gut in Ordnung gehalten. In dem kleinen Vorgarten standen mehrere Zementfiguren – ein Faun, ein Eichhörnchen, ein Zwerg mit rätselhaftem Runzelgesicht. Nie im Leben hätte ich mir die Zentrale eines Schwarzen Marktes so vorgestellt.

Ich stieg die hölzernen Stufen zur Haustür hinauf und klopfte. Die altmodische Tür mit den bleiverglasten, bunten Fenstern wurde einen Spalt breit geöffnet. Ein großes braunes Auge betrachtete mich. Mehr konnte ich nicht erkennen.

»Ja?« fragte eine tiefe Stimme.

»Mr. Feldman?«

»Wer ist da, bitte?«

»Ich bin Major Gavin. Captain Drozma schickt mich.«

Aus dem Innern des Hauses rief eine andere Stimme: »Esther, ist da jemand an der Tür?«

»Ein Soldat, Onkel«, antwortete das Mädchen.

»Und du läßt unseren Besuch draußen stehen, Mädchen? Wo sind deine Manieren?«

Die Tür öffnete sich ganz. Ich stand einem Mädchen mit glattem schwarzem Haar und braunen Augen gegenüber. Ihre Haut war sehr weiß. Sie trug einen einfachen, dunklen Rock und einen dicken Pullover, denn das Haus war nicht geheizt.

»Mein Onkel sagt, Sie möchten eintreten«, sagte sie in selbstbewußtem Ton.

»Danke«, sagte ich, nahm mein Käppi ab und trat ein.

Das Haus war dunkel und mit allem möglichen Krimskrams vollgepackt. Glasschränke enthüllten eine Sammlung Dresdner Porzellanfigürchen, Bilder in Filigranrahmen, Uhren, Vasen und Dutzende anderer Dinge.

»Hier hinein, bitte!«

Ich folgte dem Mädchen durch einen Korridor in einen Raum, der genauso vollgepackt war wie das übrige Haus. Eine riesige Musiktruhe und Regale voller Schallplatten dominierten über die anderen Möbel.

In einem Rollstuhl saß ein alter Mann. Er war klein, verhutzelt, mit einem Bart und schwarzem Käppchen. Seine kohlschwarzen Augen inspizierten mich eingehend.

»Major Gavin, Onkel«, stellte mich das Mädchen vor. »Er ist ein Freund von Captain Drozma.«

»Treten Sie ein, treten Sie ein!« sagte der alte Mann. »Nehmen Sie Platz und fühlen Sie sich wie zu Hause. – Esther, etwas Wein für unseren Gast!«

Ich setzte mich auf die vordere Kante des Brokatsofas und wollte etwas sagen, da fuhr er fort:

»Legen Sie doch die feuchte Jacke ab, Major. Wir machen uns gleich ein Feuerchen, damit wir uns wärmen können.«

Mit erstaunlichem Geschick bewegte er den Rollstuhl zu dem winzigen Herd, in dem ein Feuer angelegt war. Er riß ein Streichholz an. Die Flammen züngelten über das trockene Holz und verbreiteten sofort eine Atmosphäre von Wärme in dem kalten Haus.

»Esther und ich sind an die Kälte gewöhnt«, erklärte Mr. Feldman. »Aber wir freuen uns jedesmal über das Feuer, wenn wir Besuch haben. Spielen Sie Schach, Major?«

»Gelegentlich, Sir.«

Er rieb sich vergnügt die Hände. »Ah, großartig! Wir werden eine Partie spielen, bevor Sie gehen.« Dann lächelte er. »Wie Sie sehen, kann ich nichts mehr bewegen als meinen Geist. Schach muß alle anderen Vergnügen ersetzen.«

»Mr. Feldman«, begann ich vorsichtig. »Captain Drozma meinte, Sie könnten vielleicht . . .«

Das Mädchen kam zurück und unterbrach mich. Sie brachte ein Tablett mit einer Karaffe und drei Gläsern. Sie schenkte aber nur zwei ein. Feldman lächelte ihr herzlich zu.

»Selbstverständlich trinkst du ein Glas mit uns, Liebste.«

Es war erstaunlich, wie das Lächeln Esthers Gesicht verwandelte. Wenn sie lächelte, war sie wirklich schön. Sie füllte das dritte Glas und reichte dem Onkel dann ihr eigenes.

»Erst der Gast, Esther«, sagte Feldman.

Esther reichte mir das Glas mit einem scheuen Lächeln. Ihr Onkel nickte freundlich und sagte: »Ich danke dir, Malkah!« Er wandte sich zu mir: »Malkah ist Hebräisch und heißt ›Königin‹.«

Esther setzte sich still vor den Musikschrank und faltete die Beine wie ein Kind unter sich. Sie war vielleicht fünfzehn, nicht viel älter als Pam.

Feldman sagte beinahe feierlich: »Und jetzt trinken wir auf eine gute Gesundheit.«

Ich versuchte den Wein. Er war süß und schwer.

»Nun«, sagte Feldman lebhaft. »Sie sind also der Offizier, der gestern abend mit dem Collingwood-Konvoi in die Stadt kam.«

Er bemerkte meine erstaunte Miene und fügte hinzu: »Es gibt wenig Dinge, über die in einer so kleinen Stadt nicht geschwätzt wird. Wie kann ich Ihnen dienen?«

»Captain Drozma deutete an, daß Sie mir vielleicht auf meinem Weg nach Süden helfen könnten.«

»Nach Süden?« murmelte Feldman nachdenklich. »Kalifornien?«

»Noch weiter als San Francisco.«

»Sehr schwierig, Major!«

»Ich bin bereit zu zahlen, Mr. Feldman.«

Der alte Mann lächelte traurig. »Das ist immer der wichtigste Punkt, nur weil ich Feldman heiße, wie?«

»Ich besitze zwölfhundert Dollar, Mr. Feldman.«

»Da wir schon über Geld reden, Major, muß ich Ihnen sagen, daß in der augenblicklichen Inflation zwölfhundert Dollar sehr wenig ist.«

»Mehr besitze ich nicht.«

»Sie sind ein sehr schlechter Händler, Major«, sagte er lächelnd.

»Wieviel wollen Sie denn haben?« fragte ich und spürte Ärger in mir aufsteigen.

»Hab' ich gesagt, daß ich etwas will?« Er breitete die Hände aus. »Wollen wir erst darüber nachdenken, was Sie vorhaben, Major. Soweit ich unterrichtet bin, herrscht Krankheit in Kalifornien. Die Strahlung ist auch eine Gefahr. Mehrere Bomben sind in der Nähe des Shasta-Dammes gefallen.«

»Das weiß ich alles«, sagte ich ungeduldig.

Feldman legte einen Finger nachdenklich an seine breite Nase.

»Dann herrscht weiter Gesetzlosigkeit. Ich glaube nicht, daß es dort Soldaten gibt, um den Gesetzen Nachdruck zu verleihen.«

»Meine Frau ist dort, Mr. Feldman. Und eine Tochter etwa in Esthers Alter.«

Feldman nickte und murmelte mehr für sich selbst: »Natürlich, natürlich.«

»Captain Drozma meint, es sei unmöglich, ein Auto aufzutreiben«, fuhr ich fort.

»Nichts ist unmöglich, Sir. Aber ein Auto wäre nicht praktisch für Sie. Sie könnten nicht genug Benzin für die ganze Reise bekommen. Außerdem sind die Straßen in der Nähe von Mount Shasta unterbrochen.«

»Der Mount Shasta liegt weit südlich der Sperrlinie. Woher sind Sie über den Straßenzustand dort unten unterrichtet?«

Feldman erklärte geduldig: »Wissen Sie, Major Gavin, mein Volk hat die Jahrtausende überlebt, indem es gewisse Dinge wußte.«

»Dann sind also welche aus Süden durchgekommen?« fragte ich erregt.

Feldman schaute mich mit einem bedauernden Ausdruck an.

»Leider nicht von so weit, Major. Über die Gegend von San Francisco kann ich Ihnen nichts berichten.«

Ich blickte zu Boden und fühlte mich plötzlich ausgelaugt und unendlich müde. Die Hoffnungslosigkeit wollte mich niederdrücken. Er sagte gelassen:

»Ein Automobil wäre also nutzlos für Sie, Major. Aber lassen Sie uns Alternativen überlegen.«

Ich hob den Blick. »Vielleicht ein kleines Flugzeug?«

»Es gibt keins.«

»Irgend etwas, Sir«, flehte ich. »Ganz gleich was – ein Pferd vielleicht. Ein Maulesel. Ich muß durchkommen! Verstehen Sie doch: Ich habe mich von Alaska bis hierher durchgeschlagen. Ich muß nach Hause!«

Feldman nickte langsam.

»Es steht geschrieben: ›Auch diese Drangsal wird vorübergehen.‹ Sie sind noch ein junger Mann und sehr ungeduldig. Die Welt hat sich furchtbare Wunden beigebracht. Aber auch diese Wunden werden vergehen.«

»Ich wollte, ich könnte das noch glauben, Sir.«

Seine schwarzen Augen blickten mich fest an. »Aj – wir müssen einen Weg finden, wie Sie zu Ihrer Familie kommen.«

»Dafür will ich jeden Cent opfern, den ich besitze«, sagte ich. Und diesmal sagte ich es anders als vorhin. Geld war mir gleichgültig geworden.

»Natürlich.« Feldman wachte wieder zu seiner früheren Lebhaftigkeit auf. »Nun – ich kenne einen Mann, der Ihnen ein Pferd beschaffen kann und vielleicht auch einen Maulesel als Packtier. Er wird dafür viel Geld verlangen. Die Soldaten bringen alle Tiere um, deshalb ist unsere Ausgangsposition für die Verhandlung nicht schlecht.«

Er überlegte für einen Augenblick und fuhr fort: »Niemand kann Ihnen sagen, was Sie auf der anderen Seite der Berge finden werden. Wir können also nicht für alles vorsorgen. Aber ein paar Sachen für Camping und ein Vorrat Konserven sollten fürs erste helfen. Danach . . .« Er zuckte die Schultern. »Was sein wird, wird sein.«

»Ich kann Ihnen gar nicht sagen, Sir, wie dankbar . . .«, begann ich, aber er schnitt mir brüsk das Wort ab.

»Nein, nein, nein!« sagte er. »Sie vergelten es mir, indem Sie mit uns essen und vielleicht ein paar Partien Schach spielen und etwas Musik hören. Jetzt schreibe ich eine Notiz für den Mann mit den Tieren. Esther wird ihn in der Stadt schon finden. Aber spätestens übermorgen brechen Sie auf zu Ihrer Reise. Da. Reden wir nicht mehr darüber.«

Er rollte seinen Stuhl zu einem zierlichen Schreibsekretär, verfaßte die Notiz und schickte seine Nichte damit weg.

Ich verbrachte den Rest des Tages bei Feldman, während Esther die Stadt nach dem »Mann mit den Tieren« absuchte. Wir spielten Schach, tranken den süßen Wein und lauschten Mozarts schwebenden Weisen in diesem vollgepackten, warmen, wundervollen Zimmer.

Als Esther zurückkehrte, kochte sie uns ein großartiges Mittagessen. Danach spielten wir wieder Schach und hörten Esthers Violinspiel zu. Sie spielte gut, gefühlvoll und mit wirklichem Talent.

Fast vergaß ich die Ruinen rings um mich. Diese zwei Menschen gaben mir mehr als nur die Möglichkeit zur Überquerung der Berge. Sie schenkten mir etwas, das ich verloren hatte – das Bewußtsein, zur zivilisierten Menschheit zu gehören.

11

Ich kehrte ins militärische Sperrgebiet zurück und ging sofort zum Offiziersquartier. An der Tür von Lieutenant Bayles' Zimmer blieb ich stehen und klopfte. Ich hörte, daß jemand da war, bekam aber keine Antwort.

»Bayles!« rief ich. »Ich bin's, Major Gavin.«

Etwas wurde umgeworfen. Glas splitterte. Ich schob die Tür auf und trat ein.

Der Raum stank wie eine ganze Schnapsbrennerei. Auf dem Fußboden lagen die Scherben einer Rumflasche – Collingwoods Rum. Bayles hockte auf seiner Pritsche, den Kopf gesenkt, und umklammerte ein Glas mit beiden Händen.

»Es hat keinen Sinn, Major«, brabbelte er. »Keinen Sinn mehr!«

Ich öffnete das Fenster, damit die kalte Nachtluft die abgestandene Luft hinausfegen konnte. Bayles' Schultern bewegten sich krampfhaft, als ob ein furchtbarer Schmerz ihn schüttelte.

»Was ist los, Bayles?« fragte ich. »Wie hat das angefangen?«

»Ich bin betrunken, Major«, lallte er.

»Was ist geschehen?« forderte ich.

Der Junge hob den Kopf und starrte mich aus blutunterlaufenen Augen an. Es war kaum zu fassen, daß dieses Gesicht einem Mann von Mitte Zwanzig gehörte. Sein Mund war schlaff, sein Kinn herabgesunken und kraftlos.

»Ich habe darüber nachgedacht, wie die Männer gestern aussahen, als ich den Befehl zum Feuern erteilte«, sagte er mühsam. »Ich fühle mich krank, Major. Krank – da drin.« Er deutete auf seine Brust.

»Haben Sie mit Collingwood gesprochen?«

Bayles entblößte seine Zähne in einem trunkenen, humorlosen Grinsen. Dann zog er ein zerknittertes Stück Papier aus der Tasche. Er warf es auf das Bett.

»Ganz offiziell«, stieß er hervor. »Schriftlich – schwarz auf weiß!«

Ich glättete das Papier. Es war sein schriftliches Ansuchen um Versetzung zu einer anderen Einheit. Auf der Rückseite stand Collingwoods handschriftliche Bemerkung: »Abgelehnt im Interesse der US Army. J. E. B. Collingwood, Major der US-Infanterie.«

Bayles neigte den Kopf zur Seite. »Wollen Sie wissen, was er zu mir gesagt hat, Major? Er sagte: ›Noch zehn Jahre, dann werden Leute wie ich dieses Land regieren. Im nächsten Krieg lassen wir die verdammten Eierköpfe nicht wieder ans Ruder!‹ – Im nächsten Krieg! Mein Gott . . .«

Bayles bedeckte sein Gesicht mit beiden Händen und begann zu schluchzen.

In mir stieg eine Welle finsterer Wut auf. Ich befahl scharf: »Los, ins Bett, Bayles! Schlafen Sie erst mal Ihren Rausch aus! Morgen früh reden wir darüber.«

Ich verließ sein Zimmer und suchte Collingwood, fand ihn aber nicht in seinem Quartier. Dann fragte ich den Quartiermeister, wo er sein könnte.

»Wahrscheinlich draußen, bei der Kontrolle der Fahrzeuge, Major. Morgen mittag fährt er nach Redmond zurück.«

Ich suchte ihn im Fuhrpark, aber keiner der Posten hatte Collingwood gesehen. Da er nach der Sperrstunde auf keinen Fall das Gelände verlassen haben konnte, suchte ich ihn in der Offiziersmesse.

Er war da.

Und er war allein. Wegen der späten Stunde hatten die anderen Offiziere den Raum bereits verlassen. Collingwood beugte sich über eine Karte von Oregon und machte ein paar sorgfältige Eintragungen. Als er mich hörte, lächelte er mir entgegen, als hätte er mich erwartet.

»Collingwood, ich habe mit Ihnen zu reden«, sagte ich.

Er lehnte sich zurück und griff nach seinem verdammten Peitschenstock. »Dachte ich mir schon«, sagte er gelassen.

Ich versuchte meine Wut im Zaum zu halten. »Collingwood, Sie bekommen Ärger. Gewaltigen Ärger!«

»Oh?« machte er überrascht. »Wollen Sie die Güte haben, mir das näher zu erklären?«

Ich trat einen Schritt näher. »Gestern haben Sie am Chemult acht Menschen ermordet.«

Seine dünnen Lippen teilten sich in einem Anflug von Lächeln. »Schon wieder die alte Platte, Gavin?«

»Schon wieder!« bestätigte ich.

»Es war ein Überfall, Gavin. Sie haben dem Konvoi aufgelauert. Sie sahen es selbst, mit eigenen Augen, Gavin.«

»Bleiben Sie ausnahmsweise mal bei der Wahrheit, Collingwood«, sagte ich. »Sie haben keinerlei feindselige Handlung unternommen, bis Sie ihren Anführer niederschossen. Der verhandelte gerade mit Ihnen und . . .«

»Verhandelte!« stieß er hervor. »Ein Offizier der US Army verhandelt nicht mit Banditen!«

»Es kommt noch darauf an, ob es sich um Banditen handelte, Collingwood. Sie haben sich nicht die Mühe gemacht, das herauszufinden.«

»Major«, sagte Collingwood. »Geben Sie nicht selbst zu, daß ein Frontoffizier eine taktische Situation besser beurteilen kann als jemand, der den ganzen

Krieg über in irgendeinem finsteren Loch, tief unter einem Gletscher, gesessen hat?«

»Bleibt noch die Sache mit den Gefangenen«, fuhr ich fort. »Wenigstens diese Leute hätten Sie verhören müssen. Sie wurden von mir darauf aufmerksam gemacht, daß sie zur Verhandlung vor dem Kriegsgericht hierher gebracht werden müßten. Dafür gibt es Zeugen. Und wenn auch das noch nicht genügt, um Sie zu beunruhigen, dann bleibt noch immer der kaltblütige Mord an einem Mann, der Ihnen nur sagen wollte, daß keiner außer dem Anführer die Lage des Camps kannte. Können Sie mir folgen, Collingwood?«

Seine Augen wurden eiskalt und hart. »Soll das heißen, daß Sie die Absicht haben, gegen mich als Zeuge aufzutreten?«

»Wenn Sie mich dazu zwingen? Ich beabsichtige, morgen früh Colonel Brandon eine eidesstattliche Erklärung vorzulegen. Vielleicht wird man Sie nicht zum Tode verurteilen, obgleich Sie das weiß Gott verdient hätten. Aber meine Anzeige wird mit absoluter Sicherheit den Rest Ihrer Karriere bei der Armee erledigen.«

Collingwood blickte mich kühl an.

»Sie sagten ›wenn Sie mich dazu zwingen . . .‹?«

»Ich bin bereit, Ihnen ein Geschäft vorzuschlagen«, sagte ich.

»So ist das also«, brummte er verächtlich. »Hätte es mir bei Ihnen denken sollen.«

»Wollen Sie meinen Vorschlag hören, oder soll ich zu Colonel Brandon gehen?«

»Na, welchen Preis verlangen Sie?«

»Bayles«, antwortete ich. »Seine Versetzung.«

Collingwood blickte mich ironisch an. »Immer noch der Idealist, wie? Leute wie Sie müssen mich verabscheuen.«

Ich preßte die Zähne zusammen.

»Bayles kann Ihnen nicht viel nützen, Collingwood. Wenn Sie ihn versetzen, bevor er zerbricht, ersparen Sie sich eine Menge Ärger.«

Sehr zufrieden fragte er: »Bayles ist schon kurz vor dem Zusammenbruch, wie?«

»Ich fürchte, es ist schon zu spät.«

Collingwood lehnte sich vor und spielte mit dem Stöckchen. Seine Hände zitterten dabei.

»Gavin, ich bin froh, daß wir uns wiedergefunden haben. Wir kannten uns seit Jahrzehnten, wie? Sie stehen für alle die Schwächlinge, die ich immer gründlich gehaßt habe. Mein ganzes Leben lang habe ich gegen euch gekämpft.«

»Sie sind krank, Collingwood«, sagte ich ruhig. »Aber in gewisser Hinsicht haben Sie recht. Wir sind Feinde. Wir werden es immer sein. Man wird in dieser Welt nicht leben und atmen können, ehe nicht eure Sorte kuriert ist. Oder tot.«

Collingwood entblößte seine Zähne in einer Imitation von Lächeln.

»Sie können mich aber nur zu meinen Bedingungen bekämpfen, wie?«

»Das ist das Schlimme daran«, stimmte ich zu. »Aber niemand hat jemals behauptet, daß das Überleben eine einfache Sache sei.«

»Sie werden nicht überleben. Sie sind aus der Mode, Gavin! Sie sind tausend Jahre zu früh geboren.«

»Ihre Antwort, Collingwood?« verlangte ich. »Das ist der einzige Kompromißvorschlag, den Sie von mir zu hören bekommen.«

Er schloß die Augen. Als er sie wieder öffnete, glänzten sie fiebrig. Später wunderte ich mich manchmal darüber, daß ihm sein krankes Gehirn vielleicht verraten haben könnte, was in der Zwischenzeit geschehen war. Er nickte langsam.

»Gut, Gavin. Wir gehen zu Bayles. Er soll von Ihnen hören, daß Sie seine Versetzung befürworten, Gavin.«

Er verstaute die Landkarte in seiner Hemdtasche und schaltete das Licht aus. Für ein paar Sekunden standen wir im Dunkeln. Ich hörte ihn sagen:

»Gavin, eines Tages werden Sie es bedauern, mich jemals getroffen zu haben.«

Er stand mir so nahe, daß ich die Wärme seines Körpers spürte. Es war widerlich.

»Das bedaure ich schon lange«, sagte ich und ging.

Wir klopften an die Tür von Bayles' Zimmer in der Offiziersunterkunft. Ich erwartete keine Antwort, weil ich wußte, wie betrunken Bayles vorhin gewesen war. Deshalb öffnete ich die Tür.

Plötzlich begann Collingwood schrill zu lachen. Der Ton schien mein Gehirn wie ein Stahlsplitter zu durchdringen.

Lieutenant Bayles hatte sich an einem Wasserleitungsrohr erhängt.

12

Colonel Brandon war ein großer, drahtiger Mann. Er hatte eine Strahlenerkrankung hinter sich. Immer noch fehlten ganze Strähnen seiner eisenfarbenen Haare. Sein Alter schätzte ich auf fünfundfünfzig.

Ich erstattete meinen Bericht über die Vorfälle am Chemult River und ließ keine Einzelheit aus. Der Bericht wurde abgetippt, dann unterschrieb ich ihn.

Als ich Brandons Büro verließ, traf ich auf Collingwood. Er saß steif aufgerichtet auf einem Stuhl. Er trug Breeches und Uniformjacke, dekoriert mit allen Ehrenzeichen. Auf dem Schoß hielt er den Stahlhelm und sein Stöckchen. Neben dem Stuhl stand in strammer Haltung ein Militärpolizist.

Vielleicht hätte es mich befriedigen sollen, ihn verhaftet zu sehen. Aber das war nicht der Fall. Was half das alles noch? Bayles war tot.

Er blickte hoch, als er mich sah. Ich wollte nicht mit ihm reden, es war sinnlos. Ich hatte nur noch den einen Wunsch: schnell zurück in mein Quartier, meine Sachen packen und weg von hier.

»Sie gehen jetzt nach Hause, wie?« fragte er sanft.

Ich gab ihm keine Antwort.

Sehr leise fuhr er fort: »Sie laufen mir nicht davon, Gavin. Ich werde Sie finden und töten!«

Der MP machte einen unglücklichen Eindruck.

»Ich glaube nicht, daß wir uns jemals wiedersehen werden«, antwortete ich.

»Denken Sie daran«, sagte er.

Seine Nähe erweckte Abscheu in mir. Eigentlich hätte ich ihn bemitleiden müssen, weil er krank war. Aber ich fühlte nur Haß. Ich haßte ihn und das, was er verkörperte.

Ich kehrte ihm den Rücken und ging.

13

Als ich frühzeitig am nächsten Morgen Feldmans Haus erreichte, sah ich zu meiner Erleichterung ein Pferd und ein Maultier am Zaun angebunden. Es war ein alter, abgetakelter Gaul, der um die Nüstern grau aussah. Auch das Maultier wirkte schäbig und heruntergekommen. Aber ich hatte an diesem Morgen keinen Sinn für die Ironie des Schicksals, das einen Mann des Raketenzeitalters zwang, sich für eine lange und gefährliche Reise zweier so schäbiger Tiere zu bedienen.

Esther ließ mich eintreten. Feldman unterhielt sich im Wohnzimmer mit einem grobschlächtigen Mann in Blue jeans.

Feldman machte uns miteinander bekannt. Der Mann hieß Golz und war vor dem Krieg Schafzüchter gewesen. Er betrachtete meine Uniform feindselig und begann gleich zu feilschen. Es seien wertvolle Tiere, meinte er. Eigentlich hätte er sie benutzen wollen, um den abziehenden Soldaten nach Redmond zu folgen. Ich hielt dagegen, daß die Soldaten die Tiere erschießen würden, sobald sie merkten, daß sie den vorhergegangenen Säuberungsaktionen entwischt waren.

Diese Diskussion hätte sich endlos ausgedehnt, wenn sich nicht Feldman eingeschaltet hätte.

»Der Major wird Ihnen zweihundert Dollar für das Maultier und hundertfünfzig für Pferd und Sattel bezahlen, Golz. Das ist ein fairer Preis.«

»Fairer Preis!« schrie Golz. »Diebstahl ist das! Betrügerei!«

»Die Tiere werden ohnehin getötet, Golz.«

»Dann bringe ich sie lieber selbst um, als daß ich sie zu einem solchen Schandpreis abgebe.«

»Wieviel wollen Sie denn haben?« fragte ich.

»Zweitausend, und keinen Penny weniger.«

Ich wandte mich verzweifelt an Feldman, aber der lächelte milde.

»Aber, Golz!« murmelte er nachsichtig. »Wir müssen doch realistisch denken. Dreihundertfünfzig Dollar sind besser als nichts.«

»Mr. Feldman, das sind ganz ausgezeichnete Tiere!« rief Golz.

»Mr. Golz«, entgegnete Feldman. »Ich habe sie gesehen. Sie sind nicht mehr wert.«

Golz zögerte wie ein Mann, der sich zu einem verzweifelten Entschluß durchringen muß. Dann sagte er: »Ich mache einen letzten Vorschlag: fünfzehnhundert. Ich schäme mich für einen solchen Preis. Die Inflation . . .»

»Vierhundert«, sagte Feldman unerbittlich.

Der Handel ging weiter. Als ich gerade dachte, Golz würde wütend das Haus verlassen, einigten sie sich auf siebenhundert Dollar für Pferd, Sattelzeug, Maultier und die übrige Ausrüstung. Er hatte kein Zelt, sondern nur einen Schlafsack, aber das war mir jetzt auch gleichgültig.

Ich bezahlte Golz, der nun besänftigt war, die siebenhundert Dollar. Dann sagte er traurig: »Seien Sie nett zu den Tieren. Wenn eins krank wird, dann töten Sie es. Lassen Sie es nicht am Milzbrand eingehen, das ist furchtbar.«

Ich versprach es.

Als Golz gegangen war, sagte Feldman: »Die ganze Garnison ist gegen Major Collingwood aufgebracht, wie ich höre. Stimmt es, daß sich ein junger Offizier seinetwegen erhängt hat?«

Ich erzählte ihm alles.

»Ich kenne Collingwood nicht«, sagte Feldman

nachdenklich. »Aber er muß ein sehr unglücklicher Mensch sein.«

»Ich denke mehr an Bayles. Er hätte nicht zu sterben brauchen.«

»Das ist der Krieg«, meinte Feldman weise. »Viel hat er vernichtet. Viele Menschen – gute und böse. Ich war in meiner Kindheit dabei, wie Soldaten meinen Vater erschlugen. Das war auch Krieg. Er war Soldat. Aber seine Schwester hatte nichts mit dem Krieg zu tun. Sie wurde auch ermordet, weil sie eine Jüdin war. Krieg, Seuchen, Progrome – wo ist der Unterschied?«

Nach einer langen Pause fuhr er fort:

»Major, dieser Krieg hat mir persönlich nicht viel genommen. Nur mein Land. Aber ich bin Amerikaner. Darauf bin ich so stolz, daß ich manchmal denke, Gott hat mir den Krieg geschickt zur Strafe für Stolz und Überheblichkeit. Das ist für uns eine Sünde . . .«

»Sie haben viel für mich getan, Sir«, sagte ich dankbar. »Ich weiß nicht, wie ich Ihnen das jemals zurückzahlen kann.«

»Denken Sie nicht ans Zurückzahlen, Major. Reden wir nicht mehr darüber. Sie wollen sicher aufbrechen.« Er streckte mir die Hand hin. Sie fühlte sich in meiner zart und zerbrechlich an. »Möge Gott Sie behüten und sicher zu Ihrer Familie geleiten«, sagte er feierlich.

»Danke, Mr. Feldman. Vielen Dank!«

»Schalom«, sagte er. Frieden. Es war das vollkommene Wort für diesen Abschied.

Esther stand vor dem Haus und schaute mir beim Aufladen meines Gepäcks zu. Dann trat sie zu mir. »Hier sind eine Leine und ein paar Köder. Sie werden es zum Fischen brauchen, oben in den Bergen.«

Ich war gerührt. Da ich kein Abschiedsgeschenk für sie hatte, nahm ich das silberne Armband meines Identifizierungsschildchens ab und befestigte es um ihr Handgelenk. Mein Name, meine Nummer waren darauf eingraviert. Sie betrachtete dieses dürftige Geschenk mit leuchtenden Augen.

»Das – darf ich nicht annehmen«, flüsterte sie. »Es ist zu wertvoll.«

»Du mußt es annehmen«, sagte ich ernst. »Du würdest mich verletzen, wenn du's nicht nähmst.«

Da lächelte sie.

»Ich werde es immer in Ehren halten.«

Als ich davonritt, drehte ich mich noch einmal um. Sie stand vor dem Haus und winkte mir nach. Die Sonne funkelte auf dem silbernen Armband.

14

Gegen Mittag erreichte ich unbehindert den Wachtposten südlich von Midland. Die ersten Stunden im Sattel waren erträglich gewesen. Die Tiere trabten in gleichmäßigem Tempo dahin. Aber allmählich spürte ich den Druck des harten Sattels. Es wurde mir klar, daß sich mit der Zeit noch ganz andere Beschwerden einstellen mußten.

Auf der mit Dachpappe gedeckten Hütte stand ein Schild: QUARANTÄNE-POSTEN I, MILITÄRBEZIRK KLAMATH FALLS.

Es gab keinen Arzt hier. Das Wort »Quarantäne« hatte man nicht im medizinischen Sinne zu verstehen. Es bedeutete ganz einfach, daß von Süden niemand passieren durfte. Eine Batterie von leichten Geschützen und Maschinengewehren auf einem flachen Hügel machte das ganz deutlich.

Ein Wachsoldat kam aus der Hütte auf mich zu und grüßte nachlässig.

»Major Gavin, was?« fragte er.

Eine böse Vorahnung ließ einen dicken Knoten in meinem Magen entstehen. »Ja?«

»Sie sollen sofort über Feldtelefon Klamath Falls anrufen – Captain Drozma.«

Ich wollte nicht anrufen. Ich wollte mit alldem, das hinter mir lag, nichts mehr zu tun haben. Aber das gleichgültige Gesicht und die gefühllosen Augen des Soldaten sagten mir, daß die militärische Kontrolle noch bis hierher reichte. Also kletterte ich aus dem Sattel und band die beiden Tiere sorgfältig an ein Stacheldrahthindernis. Dann folgte ich dem Posten ins Innere der Bude.

Die Wachbude war schmutzig und ringsherum mit geschmacklosen Aktbildern tapeziert.

Der Soldat deutete auf das Feldtelefon. »Zweimal drehen«, sagte er.

Ich drehte an der Kurbel und wartete. An meinem Ohr knatterten die Störungen. Wahrscheinlich taugten auch die Batterien nicht mehr viel. Dann meldete sich Captain Drozma.

»Hier Major Gavin«, sagte ich gespannt.

»Hören Sie zu, Gavin«, sagte er erregt. »Ich habe schlechte Nachrichten für Sie.«

»Ja?« brachte ich nur hervor. Ich kämpfte gegen die Übelkeit an.

»Collingwood ist ausgebrochen.«

»Aha.«

»Können Sie mich verstehen?« schrie Drozma.

»Ich höre Sie deutlich. Fahren Sie fort, Drozma.«

»Er war im Lazarett interniert. Niemand dachte daran, daß er aus dem Camp ausbrechen könnte. Aber er hat's getan. Die MP durchsuchte die ganze Stadt. Aber sie haben keine Spur von ihm entdeckt. Und noch etwas, Gavin. Wir haben das Waffendepot überprüft. Ein Scharfschützengewehr mit Zielfernrohr fehlt. Sie sollten lieber nach hier zurückkommen und warten, bis wir ihn erwischt haben.«

»Nein«, sagte ich nur.

»Der Mann ist übergeschnappt, Gavin«, drängte Drozma. »Er hat einfach durchgedreht.«

»Das hat er schon vor langer Zeit.«

»Verdammt, Gavin, er ist hinter Ihnen her, kapieren Sie das denn nicht?« schrie Drozma verzweifelt. Er machte sich echte Sorgen um mich, das hörte ich trotz der miserablen Verbindung.

»Vielen Dank, Drozma, aber welchen Sinn hätte es, wenn ich zurückkäme? Ich werde schon aufpassen.«

Es blieb lange Zeit still in der Leitung. Dann sagte Captain Drozma lahm: »Na, ich wollte Sie nur warnen.«

»Danke. Ist das alles?«

»Denke schon. Passen Sie gut auf, klar?«

»Verstehe, ich werde vorsichtig sein.« Der Schmerz in meinem Magen breitete sich jetzt bis zum Rücken hin aus. Ich wollte die Verbindung schon unterbrechen, aber etwas außerhalb meiner Kontrolle ließ mich fragen:

»Wie lange ist er denn schon weg?«

»Der Offizier vom Dienst hat um acht Uhr morgens sein Fehlen bemerkt.«

»Fehlt ein Fahrzeug?«

»Nicht in der Garnison, Gavin. In der Stadt sind wir noch bei der Überprüfung.«

»Dann vielen Dank, Drozma.«

»Viel Glück«, sagte er leise.

Ich legte auf und drehte mich um. Der Soldat fragte: »Schlechte Nachrichten, Sir?«

»Ziemlich schlechte.«

»Hm, andere gibt's heutzutage kaum noch«, meinte er gleichgültig. Er begleitete mich hinaus und wartete, bis ich wieder im Sattel saß. Dann sagte er die Formel, die sein Befehl ihm vorschrieb.

Ich durfte die Sperre nach Süden passieren, aber ich konnte den Militärbezirk Klamath Falls nie wieder betreten. Er stempelte meinen Militärpaß mit den Buchstaben MV und malte die gleichen Buchstaben mit leuchtend gelber Farbe auf das Fell meiner beiden Tiere.

»MV heißt Milzbrand-Verdacht«, erklärte er trokken.

Nach dieser ziemlich entwürdigenden Prozedur öffnete der Soldat die Barriere und ließ mich hinaus.

Ein paar Kilometer weiter südlich kam der zweite Quarantäneposten, aber der war genauso verlassen wie die Orte, die ich an diesem Tage passierte. Ich spürte den Verwesungsgeruch verendeter Tiere, die an der furchtbaren Seuche eingegangen und einfach liegengelassen worden waren.

ACHTUNG! STRAHLUNG! NICHT BETRETEN! warnte mich am Nachmittag ein Schild. Ich zog meine Karte zu Rate und erkannte, daß ich das strahlenverseuchte Gebiet nicht umgehen konnte. Am Horizont ragten die gezackten Ränder der Krater auf. Es war furchtbar zu sehen, wie diese Landschaft sich durch Gewalteinwirkung verändert hatte.

Als es dunkel wurde, kroch ich müde und zerschlagen in meinen Schlafsack. Der Körper forderte sein Recht. Ich sank in einen totenähnlichen Schlaf.

Am nächsten Morgen durchquerte ich den ersten

Bombenkrater. Es war wie ein Ausflug auf dem Mond. Erst nach einigem Suchen fand ich einen Einschnitt in dem Ringwall, den die Tiere meistern konnten. Der Boden des Kraters war hart und glasig, wie geschmolzenes Erz. Das trübe Licht des Tages spiegelte sich in verstreuten Quarzbrocken, die dann seltsam funkelten.

Das Maultier war unruhig und zerrte am Zügel. Ich wagte nicht an die Strahlungsintensität hier zu denken. Wahrscheinlich lag sie weit über der erträglichen Dosis. Aber ich konnte nichts anderes tun, als die Tiere zu größerer Eile antreiben, damit wir nicht zu lange der tödlichen Strahlung ausgesetzt waren.

Als ich den Ringwall auf der entgegengesetzten Seite des Kraters erreichte, mußte ich eine ganze Strecke parallel dazu reiten, bis ich eine Stelle für den Aufstieg entdeckte.

Für den Rest des Tages ritt ich genau nach Süden. Die Masse des Mount Shasta ragte drohend auf. Einige Male hielt ich an, um nach der Wetterstation auf dem Gipfel zu schauen, aber ohne Feldstecher war da oben kein Lebenszeichen zu erkennen.

Die Stadt Macdoel war verlassen. Trümmer bedeckten die Straße. Die Geschäfte waren geplündert. Wahrscheinlich hatte man die Stadt evakuiert, um ihre Bewohner nicht dem radioaktiven Niederschlag der Shasta-Bombe auszusetzen. Wohin war die Bevölkerung gezogen? Nach Süden vermutlich, denn der Weg nach Norden war bis vor einigen Wochen völlig versperrt. Diese Erkenntnis brachte mich auf den Gedanken, daß es in der Sperrzone doch irgendwelche organisierten Bewegungen von Menschen geben mußte. Ich beschloß, es als günstiges Zeichen zu werten.

Ich schlug mein Lager an diesem Tage etwa fünfzehn Kilometer nördlich von Weed auf.

Am nächsten Morgen sah das Wetter noch bedrohlicher aus. Es war so kalt, daß ich Schnee befürchten mußte. Ich wünschte mir nichts sehnlicher, als die nördlichen Marschen des Grand Central Valley noch vor Einbruch der Nacht zu erreichen. Wenn ich nachts oben auf den Bergen von einem Schneesturm überrascht wurde, konnte es das Ende der Reise bedeuten.

Ich hatte mich inzwischen wundgeritten. Mein ganzer Körper schmerzte. Jede Bewegung des Pferdes unter mir war neue Pein.

Gegen zehn Uhr hörte ich eine Düsenmaschine über mich hinwegorgeln, weit über den Wolken. Wahrscheinlich war es ein Beobachter, der das Gelände fotografierte. Das Geräusch verschwand rasch im Südwesten. Danach war das Schweigen noch quälender.

Auch Weed war eine verlassene Stadt. Die Häuser waren voller Kugeleinschläge. An mehreren Laternenpfählen hingen Männer, mit einem Schild vor der Brust: »Plünderer«.

Ich hielt an und lauschte. Plötzlich hörte ich ein Knurren. In einem zerfallenen Hauseingang stand ein riesiger Schäferhund und starrte mich zähnefletschend an. Er kam näher und duckte sich, als wollte er meine Tiere anspringen. Das Maultier drängte angstvoll zurück.

Der Hund war auf jeden Fall schneller als meine beiden Tiere. Er würde sie einholen ... Ich zog meine Pistole und zielte auf die Brust des halbwilden Tieres. Meine Hand zitterte. Ich konnte es nicht verhindern. Mein Herz klopfte bis zum Halse. Ich wollte abdrükken, aber ich brachte es einfach nicht fertig. Ich konnte den Hund nicht töten. Ich ließ die Waffe sinken und wischte mir mit dem Handrücken über den Mund. Auf meinem Gesicht stand kalter Angstschweiß.

Wieder hob ich die Waffe und zielte. Und wieder begann meine Hand so unkontrolliert zu zittern, daß ich kaum noch den Hund sah. Um ein Haar ließ ich sie fallen. Dann schließlich hob ich die Waffe in die Luft und riß am Abzug. Es gab eine scharfe Explosion. Die Kugel schlug in die Tür und winselte als Querschläger ins Innere des Hauses.

Der Hund heulte auf und verschwand.

Ich starrte die Waffe in meiner Hand an.

Also stimmte es. Mein Traum hatte mich nicht belogen – dieser Alptraum, der mich immer wieder verfolgte. Ich konnte nicht töten. Nicht einmal eine Bestie, die es auf mein Leben abgesehen hatte.

Ich fühlte mich nackt und hilflos. Was taugte in dieser Wildnis, in diesem Dschungel voller drohender Gefahren, ein Mann, der nicht töten kann?

Ich mußte alle meine Energie aufwenden, um die Waffe nicht einfach wegzuwerfen. Statt dessen steckte ich sie wieder ein und spürte schmerzhaft ihr Gewicht an meiner Seite.

Eilig verließ ich die Stadt. Eine ganze Strecke legte ich auf einer vierspurigen Autostraße zurück. Gegen vier Uhr überquerte ich die Paßhöhe. Jetzt senkte sich der Weg hinunter ins Tal, wo die Stadt Shasta liegen mußte.

Ich nahm an, daß Shasta genau wie Weed verlassen sein würde. Aber weiter südlich, vielleicht in Redding, hoffte ich auf Überlebende zu stoßen. Vielleicht gab es dort sogar etwas wie ein funktionierendes Gemeinwesen.

Meine absolute Unfähigkeit, den wilden Hund zu erschießen, beschäftigte mich stark. Ich verstand genug von Psychologie, um zu wissen, daß ich unter einem Trauma leiden mußte. Wann hatte es mich überkommen? Als sich die letzte Titan aus unserer Stellung erhob? Als Collingwood die Gefangenen ermorden ließ? Ich wußte es nicht. Ich wußte nur, daß es schon zuviel Mord auf der Welt gab, zuviel Tod. Ich konnte einfach nicht länger mitmachen. Ich konnte nicht mehr töten.

Shasta war, wie ich befürchtet hatte, verlassen. Der Tag ging zur Neige, aber das merkte ich kaum, weil schon den ganzen Tag über ein graues, dämmriges Licht geherrscht hatte.

Ich wollte Shasta schon verlassen, da bemerkte ich eine Bewegung in einer der Ruinen. Ich hielt an und rief. Zögernd trat ein bärtiger Mann, in Lumpen gehüllt. auf die Straße. Er richtete eine Flinte auf mich. In der Stille klang seine Stimme heiser:

»Was haben Sie vor? Böses? Oder suchen Sie nur Zuflucht?«

Ich starrte den Mann an. Er sah aus wie das Zerrbild eines Propheten aus dem Alten Testament.

»Ich komme von Norden«, erklärte ich. »Lebt außer Ihnen noch jemand in der Stadt?«

»Dies ist eine der sechzig Städte des Herrn«, verkündete er mit klingender Stimme.

»Sind Sie allein hier?« wiederholte ich. »Ist außer Ihnen noch jemand am Leben?«

Er antwortete mit einem Bibelspruch, den ich nicht verstand. Alles kam mir so nutzlos vor. Warum stand ich mitten in diesem verlassenen Bergnest und unterhielt mich mit einem Verrückten?

»Versuchen Sie wenigstens, sich zu erinnern«, drängte ich. »Was geschah mit den Einwohnern? Wurde die Stadt evakuiert, nachdem die Bomben gefallen waren? Fiel eine der Bomben südlich von hier, in die Nähe des Dammes?«

»Männer kamen aus dem Norden«, sagte der Mann.

»Sie taten Böses. Die Menschen verließen ihre Wohnungen und rannten davon. Wer nicht floh, wurde getötet. Ich blieb. Da mußte ich ihnen dienen. Sie taten Böses in einer Stadt des Herrn . . .«

»Sie können die Flinte weglegen«, sagte ich. »Ich hege keine üblen Absichten. Ich bin Kenneth Gavin, ein ehemaliger Major der Air Force.«

Er schüttelte verständnislos den Kopf. Ich nahm es ihm nicht übel, denn was hatte ein Luftwaffenmajor hier auf dem Rücken eines ausgedienten Gauls zu suchen?

»Hören Sie gut zu«, sagte ich. »Sind südlich von hier Bomben gefallen?«

»Nein. Nur im Norden.«

Wenn das stimmte, dann konnte der Shasta-Damm noch intakt sein. Die Bombenserie war zu weit nordöstlich niedergegangen, und die hohe Bergkette hatte einen Teil der Wirkung aufgefangen. Ein Fehler von etwa siebzig Kilometern. Wahrscheinlich schlecht berechnet.

»Haben Sie ein Radio?«

»Das Radio ist kaputt.«

Ich versuchte es noch einmal: »Lebt noch jemand in der Stadt?«

Da sagte er: »Meine Frau liegt da drin. Sie ist krank. Haben Sie was gegen Fieber?«

Ich dachte an den spärlichen Vorrat an Antibiotika und das einzige Morphiumröhrchen in meinem Erste-Hilfe-Kasten. In einem Anfall von Egoismus sträubte ich mich gegen den Gedanken, von den wenigen Medikamenten noch etwas abzugeben. Aber ich konnte mir die Frau wenigstens ansehen.

Ich stieg ab und ließ mich von ihm in das erbärmlich stinkende Innere des Hauses führen. Im Hintergrund lag eine Frau auf einer Matratze. Ihre Zunge stand aus dem Mund, blau und verschwollen. Pusteln waren auf ihrem Gesicht aufgebrochen. Sie rang nach Atem. Es war der erste akute Fall von Milzbrand, den ich zu Gesicht bekam, aber ich erkannte die Krankheit sofort. Eine Krankheit, die seit den Zeiten von Louis Pasteur – bis jetzt – keine Menschenopfer mehr gefordert hatte.

»Gott hat sie geschlagen«, sagte er, und Verwunderung klang in seiner Stimme mit. »Ich weiß nicht, warum Er das getan hat. Sie war keine Sünderin.«

Sie hatte bald ausgelitten, das sah man deutlich.

Ich konnte nicht anders. Ich holte die Tabletten aus meiner Hemdtasche. Es waren sechzehn. Davon zählte ich acht ab und gab sie ihm.

»Wenn sie aufwacht, dann geben Sie ihr drei davon. Dann die übrigen in Abständen von drei Stunden. Wenn sie nicht schlucken kann, dann lösen Sie die Tabletten in etwas Wasser auf.«

»Gott wird es Ihnen vergelten«, murmelte er.

15

Es geschah am nächsten Morgen, als ich gerade die letzte abschüssige Strecke nördlich des großen Shasta-Sees bewältigte.

Mitten im Schritt blieb mein Pferd stehen, so plötzlich, daß ich fast abgeschleudert wurde. Es spreizte die Beine von sich, steif wie ein Stock.

Sekunden später rollte das Echo eines Schusses von den Höhen über mir herab. Es rollte wie ein Donner durch den grauen Dezembermorgen.

Erst nach einer ganzen Weile ging mir auf, daß jemand mit einer starken Büchse von extremer Reichweite auf mich geschossen hatte. Die Kugel hatte mein Pferd dicht hinter dem Ohr getroffen. Ich sah das dunkle Blut aus der Wunde sickern. Dann neigte das arme Tier den Kopf. Ich hatte gerade noch Zeit, meine Füße aus den Steigbügeln zu ziehen und abzuspringen, da brach es schon zusammen und blieb sterbend auf der Stelle liegen.

Ich blickte hinauf, sah aber nichts als dunkle Felsen und ein paar Fichten. Atemlos erwartete ich den zweiten Schuß.

Collingwood! dachte ich in panischem Schrecken. Mein Gott – das war Collingwood. Wie lange beobachtete er mich schon? So leicht, fast spielerisch, hatte er mein Reittier erlegt. Es war, als hätte er beschlossen, mich nach und nach umzubringen ...

In diesem Moment fühlte ich die Panik des Gehetzten. Die Angst, die ich vorher gekannt hatte, war etwas anderes, nicht so wirklich und unmittelbar. Jetzt hatte die tödliche Bedrohung feste Gestalt gewonnen.

Heiser von Angst und Wut brüllte ich: »Collingwood!«

Nur ein leises Echo verspottete mich.

»Collingwood, hören Sie mich?« rief ich. »Verdammt, Collingwood, ich weiß, daß Sie mich hören!«

Es blieb still. Nur meine eigene Stimme dröhnte mir in den Ohren, schrill vor Angst, und sie ängstigte mich noch mehr als vorhin der Schuß.

Genau das ist es, was er sich wünscht, dachte ich. Er will die Angst in meiner Stimme hören. Irgendwo dort oben sitzt er und lacht. Hält seine Büchse im Arm und lacht mich aus.

Ich kämpfte die Panik in meiner Brust nieder. Ich wußte, daß ich auf dem schnellsten Wege von hier verschwinden mußte. Wenn ich hier blieb, dann forderte ich einen zweiten Schuß heraus.

Mit einiger Mühe nahm ich dem toten Tier den Sattel ab und legte ihn dem Maultier an Stelle des Packzeugs auf. Ich nahm ein paar wichtige Sachen aus meinem Gepäck und band sie zusammen mit meinem Schlafsack hinter den Sattel. Dann bestieg ich das Maultier und stieß ihm die Fersen in die Seiten, bis es in raschem Tempo den Hang hinunterrannte, weg von der gefährlichen Straße.

Ich ließ den See links liegen und ritt weiter, immer querfeldein. Das Gelände war schwierig, und das Maultier bockte, weil es den Reiter nicht gewohnt war. Aber ich zwang es, mir zu gehorchen. Gut eine Stunde lang hielt ich den mörderischen Zuckeltrab durch, bis ich die Straße nach Summit City erreichte.

Um die Hauptstraße nach Süden zu erreichen, mußte ich den Damm überqueren. Wenn der Damm zerstört war, dann saß ich auf der falschen Seite des Sacramento. Aber ich konnte es nicht ändern. Ich mußte möglichst viele Kilometer zwischen mich und den mörderischen Schützen legen.

In einem Fahrzeug konnte Collingwood die Strecke nicht zurückgelegt haben. Selbst mit Feldmans Hilfe war es mir schwergefallen, an ein Pferd zu kommen. Aber Collingwood hatte die gleiche Distanz wie ich in der gleichen Zeit zurückgelegt – wie, war mir ein Rätsel. Dieser Gedanke ernüchterte mich.

Am späten Nachmittag atmete ich ein wenig auf. Ich merkte nichts von einer Verfolgung. Jetzt, als mein Selbstvertrauen allmählich zurückkehrte, sagte ich mir, daß Collingwood auch nur ein Mensch war und nicht irgendein Sagenwesen mit utopischen Fähigkeiten.

Das erste Anzeichen dafür, daß nicht alles in Ordnung war, bot ein Schild, an eine Straßensperre genagelt, das in groß gepinselten Buchstaben warnte:

STRASSE GESPERRT FÜR JEDEN VERKEHR!
DURCHGANG VERBOTEN
IM AUFTRAG DER REDDING-MILIZ.

Ich las das Schild mit gemischten Gefühlen. Ich hatte keine Ahnung, was die Redding-Miliz war. Ich konnte mir auch nicht denken, warum sie die Straße gesperrt hatte. Trotz aller Feindseligkeiten bedeutete das Schild die Nähe einer funktionierenden Gemeinschaft von Menschen in dieser Gegend. Das war die erste gute Neuigkeit seit Klamath Falls. Falls Collingwood mir noch auf den Fersen war, konnte es den Unterschied zwischen Leben und Tod bedeuten.

Ich ritt an dem Schild vorbei. Aber ich kam nicht weit, da wurde ich durch einen Befehl gestoppt.

Zwei bewaffnete Männer traten hinter einer Straßensperre aus rohen Balken hervor. Sie trugen Zivilkleidung, aber Armbinden mit den Buchstaben RM.

»Sie können nicht lesen, was?«

»Ich bin Major Kenneth Gavin von der Air Force«, sagte ich und griff nach meinen Papieren.

»Behalten Sie's! Und stecken Sie Ihre Finger nicht irgendwohin, wo wir sie nicht sehen können.« Die Gewehre bedrohten mich und bewiesen mir, daß sie es ernst meinten.

»Was soll das eigentlich bedeuten?« fragte ich.

»Wir stellen die Fragen!« sagte der Ältere der beiden. »Woher?«

»Klamath Falls.«

»Das ist eine verdammte Lüge! Seit Milzbrand ausgebrochen ist, haben sie von Oregon keinen mehr durchgelassen.«

Plötzlich spürte ich die Müdigkeit. Ich war beschossen worden, hatte mein Pferd und die Hälfte meiner Habseligkeiten verloren. Ich war tagelang geritten, ohne ein menschliches Gesicht zu sehen. Jetzt schimpften sie mich einen Lügner. Das war zuviel.

»Sie haben ein losese Mundwerk, mein Sohn«, sagte ich. »Dafür wissen Sie nicht, was vor sich geht. Klamath Falls kann jeder verlassen, der Lust hat. Man darf nur nicht wieder dorthin zurückkehren.«

Der Jüngere nahm das Gewehr an die Schulter. »Ich werde dir zeigen, wer ein loses Maul hat!« knurrte er.

Für einen Augenblick dachte ich, meine Reise würde hier enden. Ich zweifelte nicht daran, daß der brutale junge Kerl schießen würde.

»Augenblick mal«, sagte der Ältere. »Sie sagen, daß Sie ein Air Force-Major sind?«

»Ich kann's beweisen.«

»Wer hat jemals von einem Flieger gehört, der auf einem dämlichen Muli reitet?«

»Besser als gelaufen«, sagte ich.

»Okay«, meinte der Ältere bedächtig. »Vielleicht sind Sie wirklich, was Sie zu sein behaupten. Aber das ändert nichts an der Sache. Hier darf keiner durch!«

»Aber warum laßt ihr mich denn nicht über den Damm? Warum in aller Welt? Ich will doch nur ...«

»Hören Sie, mein Guter. ich kenne Sie nicht. Vielleicht sind Sie in Ordnung. Aber nach Redding kommt eben für eine Zeitlang niemand mehr 'rein. Wenn Sie wüßten, was wir in dieser Stadt durchgemacht haben, dann könnten Sie's vielleicht verstehen.«

»Ich sage, er ist ein russischer Spion«, behauptete der Jüngere.

»Er ist kein Spion, aber nach Redding kommt er nicht«, entschied der andere.

Dabei blieb es.

Ich wendete mein Maultier und ritt zum US-Highway 99 zurück. Als ich einen Blick über die Schulter warf, sah ich die beiden mitten auf der Straße stehen. Sie paßten auf, ob ich mich auch wirklich entfernte.

Am nächsten Morgen war es noch kälter. Außerdem goß es wie aus Kannen. Ich hing auf dem Rücken des Maultiers und fühlte mich elend und krank.

Ich überquerte die Landstraße 299 und stieß auf einen zweiten Posten der Redding-Miliz. Aber da ich mich südwärts hielt, bekam ich keine Schwierigkeiten mit den Leuten. Ich konnte gegen etwas Kaffee sogar eine halbe Flasche billigen kalifornischen Schnaps eintauschen, den ich schluckweise genoß und so lang streckte wie nur möglich.

Diese Tage im oberen Central Valley entwickelten sich zu einem furchtbaren Alptraum. Ich schlief einmal in einer verlassenen Scheune, ein andermal im Wohnzimmer eines Ranchers, der drüben im Schlafzimmer an Strahlenkrankheit gestorben war.

Trotz des Regens und der Kälte hatte ich es mir angewöhnt, immer erst am Nachmittag aufzubrechen und die Nacht über zu reiten. Die zunehmende Zahl von räuberischen Banden in der Gegend ließ das ratsam erscheinen. Wenn ich schlief, dann schlief ich mit meiner Automatik an meinem Handgelenk. Obgleich ich wußte, daß ich niemanden töten konnte, so hoffte ich, daß ein Schuß in die Luft manchen Plünderer abschrecken würde.

Das Maultier magerte zusehends ab. Man konnte bald die Rippen einzeln zählen. Von seinen Nüstern sonderten sich winzige Mengen von einem schwärzlichen Sekret ab. Ich fürchtete, daß sich das Tier die Seuche zugezogen hatte. Mir blieb nichts anderes übrig, als einfach weiterzureiten, aber ich kam immer langsamer voran. Ich mußte darauf achten, daß die wunden Stellen an der Innenseite meiner Beine nicht mit dem Fell des Tieres in Berührung kamen.

Wenn ich jetzt krank würde oder meine Kraft einbüßte, dann müßte ich irgendwo am Straßenrand sterben, das wußte ich genau.

Ungefähr fünf Tage nachdem ich Red Bluff verlassen hatte, fand ich die Überreste eines abgeschossenen russischen Bombers. Es war ein Tupolev-Düsenbomber. Offensichtlich war es dem Piloten beinahe gelungen, eine Notlandung zu vollbringen. Die Furche, die er ins Erdreich gepflügt hatte, war schon mit frischem Wintergras überwuchert. Es mußte ihn wohl gleich beim ersten Angriff erwischt haben.

Jedes brauchbare Stück vom Rumpf war entfernt worden. Fünf Erdhügel in der Nähe zeigten an, daß sich jemand die Mühe gemacht hatte, die Besatzung zu beerdigen. Die Gräber waren so seicht, daß aus einem davon ein Stück weißes, knochiges Armgelenk herausschaute.

Südlich von Arbuckle traf ich Anzeichen von Bombenschäden an. Bäume und Telefonpfosten waren umgeknickt, und die Farbe auf der südöstlichen Seite von Häusern und Scheunen war in großen Blasen abgeblättert.

Je näher ich der Stadt Zamora kam, um so deutlicher wurde es, daß Sacramento von einer großen Atombombe getroffen worden war. Selbst bei dem trüben Wetter hätte ich längst die Wolkenkratzer in der Ferne sehen müssen, wenn sie noch vorhanden gewesen wären. Also mußte ich meinen Kurs ändern. Eigentlich hatte ich vorgehabt, über Sacramento zu reiten. So wandte ich mich vom US 99 ab und fand eine Nebenstraße, die nach Winters führte.

Der Maulesel zeigte jetzt die fortschreitenden Symptome von Milzbrand. Ich wußte, daß das arme Tier bald zusammenbrechen würde. Deshalb mußte ich so schnell wie möglich reiten – solange ich noch reiten konnte.

Ein paarmal während meines Trecks durch das Tal erblickte ich hinter mir etwas, das ich für den Rauch eines kleinen Feuers hielt. Wenn ich einen Umweg machte, um nach dem Feuer zu sehen, meinte ich in der Ferne für einen Augenblick eine einsame Gestalt zu erkennen. Aber dann war niemand da, wenn ich den Fleck erreichte. War das Collingwood? Oder nur meine überreizte Einbildung?

Ich begann, den Sinn für Realitäten zu verlieren. Wenn die ganze Welt verrückt war – wie konnte man da seines eigenen Verstandes noch sicher sein?

16

Es war Nacht. Immer noch fiel der Regen. Ich hatte mich unter einer Straßenbrücke südlich von Winters versteckt. Es war zu naß und zu kalt zum Schlafen, so saß ich in der Hocke, dicht gegen den Brückenpfeiler gedrängt, und lauschte den qualvollen Atemzügen des Maulesels und den Tropfen.

Ich fühlte mich schwach und fiebrig. Mein Wasservorrat war mir ausgegangen, und ich mußte ihn aus dem Putah Creek erneuern. Das Wasser war lehmig und unsauber.

Es muß gegen zehn Uhr gewesen sein. Ich döste vor mich hin, in meinen feuchten Schlafsack gewickelt. Die Nacht war schwarz wie ein Loch.

Plötzlich vernahm ich ein Geräusch, das ich seit Tagen nicht gehört hatte: Das Brummen eines Automotors. Der Wagen näherte sich der Brücke von Süden her. Schlagartig war ich hellwach und griff nach meiner Waffe.

Der Wagen überquerte die Brücke, fuhr noch ein Stück weiter und hielt dann an. Ich erinnerte mich, ein Stück weiter oben einen verlassenen Autohof gesehen zu haben. Eigentlich hatte ich ihn als Nachtquartier ausersehen, aber die meisten Führerhäuser der Lastwagen und auch die Pkw waren ausgebrannt. Unter der Brücke fühlte ich mich sicherer.

Ich hörte, wie die Wagentür geöffnet und wieder zugeschlagen wurde. Ein Mann schrie etwas Unverständliches, ein anderer antwortete ihm lachend. Dann herrschte für einige Zeit absolute Stille.

Ich lauschte in die Dunkelheit.

Da sprach der erste Mann wieder und lachte. Plötzlich hörte ich eine andere Stimme, die scharf protestierte. Die Stimme einer Frau! Der Protest verwandelte sich in Flehen.

Dann wieder Stille.

Dann begann das furchtbare Schreien. Es war ein schrecklicher Laut in der kalten, regnerischen Dunkelheit.

Ich warf meinen Schlafsack weg und richtete mich schwankend auf. Mühsam kroch ich die lehmige Böschung hinauf und spürte den Regen auf meinem bloßen Kopf und den schlüpfrigen Dreck unter Händen und Knien.

Ich erreichte die Straße und nahm die Automatik zur

Hand. Dann lief ich, so schnell ich konnte, auf den Autohof zu. Plötzlich hörten die Schreie auf. An ihre Stelle trat ein halbersticktes Schluchzen, in das sich das rohe Lachen der beiden Männer mischte.

In der Dunkelheit vor mir konnte ich die Umrisse einer alten Limousine erkennen.

Vorsichtig schlich ich mich an dem geparkten Fahrzeug vorbei. Es hatte keine Tür mehr und auch nur noch einen Teil des Daches. Im Schein der Taschenlampe, die einer der beiden hielt, konnte ich einen Blick ins Innere des Wagens werfen. Der Mann stand da und lachte häßlich.

Zuerst dachte ich, endlich Collingwood gefunden zu haben. Aber es war nicht Collingwood. Es war ein dreckiger, vertierter Bursche.

Der andere Mann lag mit der Frau auf dem Boden. Sie hatte die Gegenwehr fast aufgegeben. Nur ihr Kopf bewegte sich hin und her. Sie wollte dem Mund des Mannes entgehen. Dabei schluchzte sie.

Mir wurde schlecht vor Wut. Mein Magen drehte sich im Leib um. Ich wünschte mir, die beiden umbringen zu können. Ich hob die Pistole und schoß. Meine Hand zitterte furchtbar. Ich schoß noch einmal, aber ich bekam meine Hand nicht unter Kontrolle.

Der Mann auf dem Boden des Wagens richtete sich erschrocken auf und brüllte vor Angst, als sein Begleiter die Lampe fallen ließ und wegsprang. Sie müssen den Eindruck gehabt haben, daß mindestens zwanzig Mann sie angriffen.

Ich schoß weiter, bis das Magazin leer war. Ich schob den Kopf durch das glaslose Fenster und brüllte wütend hinter ihnen her, bis sie in der Nacht verschwunden waren.

Sie waren weggelaufen, weg von der Straße, weg von

ihrem Wagen. Aber ich wußte, daß sie zurückkommen würden.

Ich wandte mich der Frau zu. Die Lampe lag neben ihr und warf einen kreisrunden Lichtfleck auf die verbrannte Wand des Wagens.

Im Halbdunkel kniete ich nieder, den Revolver immer noch in der Hand. Ich wollte etwas sagen, brachte aber keinen Laut hervor. Die Männer hatten sie fast völlig ausgezogen. Die Fetzen ihrer Kleidung hingen ihr um den Hals. Der Boden, auf dem sie lag, war mit Glassplittern bedeckt. Aber sie rührte sich nicht. Ich sah ihre Augen, weit geöffnet, voll hoffnungsloser Verzweiflung.

»Es ist schon gut«, sagte ich.

Der Ausdruck ihres Gesichts veränderte sich nicht.

Ich zog meine nasse Fliegerjacke aus und wollte sie ihr anbieten. Aber sie schrak vor mir zurück, als sei ich ein Pestkranker.

Ich konnte es ihr nicht verdenken. Sie hatte gerade die Hölle durchlebt. Ekel, Schmerzen, Entwürdigung.

Sie ertrug es nicht, berührt zu werden. Sie war noch zu erfüllt von Scham und Entsetzen.

Ich deckte die Jacke über sie und zog mich zurück. Sie beobachtete mich immer noch.

Vielleicht war sie früher einmal hübsch gewesen – jetzt war sie es nicht. In ihren Haaren klebte der Schmutz vom Wagenboden. Ihre Augen hatten tiefe Schatten, sie sah halb verhungert aus. Jetzt begann sie, vor Kälte zu beben. Die Jacke bedeckte sie nur unvollständig, außerdem war sie durch und durch naß. Ihre Fußgelenke waren mit Stricken gefesselt. Der Anblick der Schnüre an ihren feinen Fesseln trieben mir Tränen des Mitleids in die Augen.

Ich sagte: »Sie werden zurückkommen, die beiden. Wir müssen weg von hier. Können Sie aufstehen?«

Ihr Mund bewegte sich, als ob sie sprechen wollte, aber die Stimmbänder gehorchten ihr nicht. Ich sah die rote Narbe an ihrer Wange – sie stammte von den Verbrennungen einer radioaktiven Hitzewelle. Das hatte sie also auch schon durchgemacht. Sie war nahe genug an der Höllenbombe gewesen, um von ihr versengt zu werden.

»Hören Sie – diese Männer werden zurückkommen«, sagte ich noch einmal. »Wir können den Wagen irgendwo verstecken. Ich habe ganz in der Nähe Dekken und etwas zu essen. Dort können wir abwarten, bis sie wieder weg sind ...«

Sie schreckte wieder vor mir zurück, als ich näherkam.

»Ich tue Ihnen nichts«, sagte ich. »Ich verspreche es ...«

Sie preßte ihr Gesicht in den Schmutz auf dem Boden des Autowracks und weinte. Ich möchte das in meinem ganzen Leben nie wieder mitansehen müssen.

Nach einer ganzen Weile versuchte sie aufzustehen. Es ging nicht.

»Ich helfe Ihnen«, sagte ich.

Sie zuckte zusammen, als ich sie berührte, aber jetzt ließ sie sich von mir hochheben. Sie war leicht wie ein Kind. Ich trug sie durch den Regen zu dem Wagen der beiden und setzte sie auf den Rücksitz. Dann stieg ich ein und startete die Maschine. Ohne Licht fuhr ich den Weg im Schrittempo zur Brücke und fand dicht dahinter einen schmalen Fußweg, der den Creek entlangführte. Dort hinein steuerte ich den Wagen und schaltete den Motor ab.

Es war schwierig, die Frau zur Brücke zurückzutragen. Der Regen fiel noch dichter. Ihre Haut fühlte sich eisig an. Ihre Zähne klapperten unkontrolliert.

Ich wickelte sie in den Schlafsack und gab ihr den letzten Tropfen von meinem Brandy. Verdammter Winterregen! dachte ich. Wenn sie sich nicht aufwärmen kann, wird sie an Unterkühlung sterben.

Ich drückte das Bündel im Schlafsack eng an mich und versuchte, sie etwas zu wärmen. Stunden verstrichen. Irgendwann, lange nach Mitternacht, sagte sie: »Ich – Schmerzen . . .«

Das war alles. Und ich konnte so gut wie nichts für sie tun. Aber sie hatte wenigstens gesprochen. Daran klammerte sich meine Hoffnung, daß sie wieder gesund werden würde.

Vor Tagesanbruch schlief sie ein. Vielleicht wurde sie auch nur bewußtlos. Auf jeden Fall entspannte sie sich endlich. Ich lud die Pistole nach und hielt Wache, bis das graue Tageslicht im Osten heraufkroch.

17

Wir blieben den ganzen Tag unter der Brücke. Am Vormittag hörte ich die beiden Männer zurückkommen und nach ihrem Wagen suchen. Sie fanden ihn nicht und zogen wieder ab.

Um die Mittagszeit wagte ich es, ein Feuer anzuzünden. Die Frau lag halb bewußtlos in meinem Schlafsack. Ich mußte sie irgendwie trocken und warm bekommen, wenn sie den Schock überleben sollte.

Eigentlich hätte ich längst unterwegs sein müssen, aber mit meinem Eingreifen hatte ich die Verantwortung für sie übernommen. Ich konnte nicht einfach davonlaufen und sie ihrem Schicksal überlassen. Sie war auf keinen Fall reisefähig.

Ich legte Decken und die anderen Sachen rings um das Feuer zum Trocknen aus und goß Kaffee auf. Als das Wasser zu sprudeln begann, öffnete ich eine meiner letzten K-Rationen. Als ich mich umdrehte, bemerkte ich, daß sie mir zusah.

»Guten Morgen!« sagte ich.

Ihre Augen waren braun. Angst lag darin.

Ich sagte beruhigend: »Sie werden sich gleich viel besser fühlen, wenn Sie etwas Warmes gegessen und Kaffee getrunken haben.«

»Wer sind Sie?« flüsterte sie.

Mir kam zu Bewußtsein, daß ich einen ziemlich abschreckenden Anblick bot. Kein Wunder, daß sie mich so angstvoll anstarrte. Sicher sah ich nicht viel besser aus als die beiden Kerle, die sie als Gefangene gehalten hatten.

»Ich heiße Gavin. Bin schon lange unterwegs, deshalb sehe ich so verkommen aus. Aber machen Sie sich bitte keine Sorgen. Sie sind jetzt in Sicherheit.«

Auf einmal füllten sich ihre Augen mit Tränen. Vielleicht glaubte sie mir nicht. Vielleicht hatte man ihr das schon oft erzählt.

Ich füllte etwas von dem dampfenden Kaffee ins Eßgeschirr und reichte es ihr. »Trinken Sie das. Dann trocknen Sie sich am Feuer. Auch den Schlafsack.«

Eine Hand erschien aus dem Schlafsack und nahm das Geschirr.

»Die Männer«, flüsterte sie. »Sind sie tot?«

Ich schüttelte den Kopf.

»Ich habe Schüsse gehört . . .«

»Sie sind davongelaufen und kommen auch nicht wieder. Ich verspreche Ihnen, daß Sie in Sicherheit sind.«

Sie bog den Kopf vor und trank etwas Kaffee. Danach reichte ich ihr eine Portion von dem vorgekochten warmen Essen aus meiner Ration. Sie begann mechanisch zu essen.

»Schon besser«, lobte ich. »Wer sind Sie?«

»Ich heiße Lorry Fielding.«

»Aha. Ich muß schnell weiter, nach Menlo Park. Wo sind Ihre Verwandten, Ihre Familie?«

»Tot.«

»Sie haben doch irgendwo Freunde?«

»Auch tot. Erinnere mich nicht mehr.«

Sie sagte das mit einer gleichmütigen Stimme, ohne jedes innere Gefühl. Vielleicht besaß sie überhaupt kein Gefühl mehr.

»Wo haben Sie gewohnt, Lorry?« fragte ich so sanft wie möglich.

»In Davis. Mein Mann war Musiklehrer an der Oberschule. Er war gerade in Sacramento, als . . .« Sie brach ab. Sie mußte die Bombe von Davis aus gesehen haben. »Der Himmel«, fuhr sie leise fort, »wurde heller und heller. Ich war lange Zeit krank. Meine Haare – sie waren einmal schön und lang. Sie fielen aus. Ich wollte sterben, aber dann wurde ich wieder gesund. Da fanden mich diese Männer . . .«

»Wann?«

»Ich erinnere mich nicht mehr. Vielleicht vor Wochen. Sie hatten schon mehrere Frauen. Aber sie ließen mich nicht gehen. Sie haben die anderen Frauen alle umgebracht. Drei oder vier, ich weiß nicht mehr . . .«

»Sprechen Sie nicht mehr darüber«, unterbrach ich sie rauh. »Erst essen Sie fertig, dann trocknen Sie sich. Ich habe noch ein Hemd und eine Hose übrig. Ziehen Sie das an. Ich muß mich noch ein wenig in der Gegend umsehen.«

»Sie gehen doch nicht weg?« fragte sie ängstlich.

»Ich komme bestimmt wieder.« Ob sie mir jetzt ein wenig vertraute? Ich nahm meine Pistole und legte sie neben sie. »Sie ist entsichert. Wenn ich komme, dann rufe ich vorher. Wenn ein anderer kommt – Sie brauchen das Ding nur aufzuheben, zu zielen – abzudrücken. Aber berühren Sie die Waffe nicht, wenn's nicht sein muß.«

»Gut«, sagte sie, und ihre Stimme klang etwas fester.

Ich stieg zur Straße hinauf und suchte die Umgebung nach irgendwelchen Lebenszeichen ab. Ich fand keine. Dabei beschäftigte mich immer dringender der Gedanke an Lorry. Durch Zufall war ich für sie verantwortlich geworden. Aber ich war nicht sicher, ob ich diese Verantwortung haben wollte. Wo sollte ich sie unterbringen? Und wenn ich sie wirklich mit mir nahm – wie sollte ich sie beschützen? Wenn ich Glück hatte – und wenn das Mädchen den Nachtmarsch durchhielt –, konnten wir bis zum Morgengrauen die Sacramento-Mündung erreichen. Dann waren es nur noch hundertfünfzig Kilometer bis nach Hause. Bei diesem Gedanken begann mein Herz schneller zu pochen.

Ich kehrte zu Lorry zurück. Sie hatte meine Sachen angezogen und sah darin aus wie ein halbwüchsiger Junge. Da sie keine Schuhe hatte, blieb uns vorerst nur die Möglichkeit, mit dem ramponierten Auto weiterzufahren.

»Sie haben noch nichts gegessen«, sagte sie. »Es ist alles noch warm.«

Ich setzte mich hin und aß.

»Haben Sie sich entschieden?« fragte sie plötzlich.

»Entschieden?«

»Was mit mir geschehen soll.« Sie bemühte sich, tapfer zu erscheinen. »Es geht mir schon viel besser«, meinte sie tastend. »Wirklich – viel besser. Ich kann auch wieder laufen. Ich werde Sie nicht aufhalten.«

»Was möchten Sie denn tun?« fragte ich.

»Ich habe niemanden, zu dem ich gehen könnte.«

»Wollen Sie bei mir bleiben?«

»Ich möchte nur nicht wieder allein sein«, sagte sie leise.

Mit einemmal fühlte ich mich sehr müde. »Wie alt sind Sie eigentlich?« fragte ich.

»Zwanzig.«

Sie sah viel älter aus. Aber war das ein Wunder?

»Gut«, sagte ich. »Gut, Lorry, dann nehme ich dich mit nach Hause.« Eine Vision überfiel mich. Mein Heim – Susan und Pam und ein Haus mitten in den welligen Hügeln des Stanford Campus. Ich hatte es vor einer Million Jahren verlassen und verloren und mußte es irgendwann einmal wiederfinden ...

»Gavin«, hörte ich sie sagen. »Was ist mit dir?«

Ein seltsames Band der Zusammengehörigkeit ließ die vertrauliche Anrede wie von selbst kommen. Der Entschluß war gefaßt, wir waren nun aufeinander angewiesen.

Ich rieb mir die Augen und schüttelte den Kopf. »Müde – das ist alles.«

»Danke«, sagte sie leise. »Danke – für alles.«

18

Meine Hoffnung erfüllte sich, der Regen hörte gegen Abend auf. Im Westen teilten sich die dunklen Wolken und ließen ein Stückchen blassen Himmel durchblikken. Über das offene Land des Tals fegte ein kalter Wind.

Ich hatte etwas gegessen, meine Kleidung getrocknet

und dann geschlafen, während Lorry Wache hielt. Als ich aufwachte, sagte sie:

»Das Maultier ist krank.«

»Ich weiß. Wir müssen es zurücklassen.«

Sie blickte zu dem schwer leidenden Tier hin. Es stand da, als würde es jeden Augenblick zusammenbrechen.

»Armes Ding«, sagte Lorry leise.

Ich ging zum Creek hinunter und bespritzte mein Gesicht mit kaltem Wasser. Ich war immer noch nicht richtig wach. In meiner Magengrube verbarg sich eine stechende Übelkeit, und mir war schwindelig. Keine guten Anzeichen, aber ich redete mir ein, alles sei nur Einbildung.

Ich begann, meine Sachen zusammenzupacken. Lorry half mir, ohne daß ich ein Wort sagte. Als ich fertig war, nahm ich dem Maultier den Sattel ab und schnitt die Riemen ab. Dann legte ich den Sattel auf den Boden.

»Tritt mal da drauf!«

Sie stellte den Fuß auf das Leder, und ich fuhr mit meinem Messer die Umrisse nach. Ihr Fußgelenk fühlte sich zerbrechlich an.

Ich schnitt die Sohlen aus dem Leder des Sattels und befestigte die Riemen daran. Es wurden sehr unförmige Sandalen daraus, aber sie würden reichen.

Bei dieser Arbeit hatte ich das Gefühl, als hätten die Atombomben den Ablauf der Geschichte herumgedreht und uns wieder in Steinzeitmenschen verwandelt.

Es wurde nun rasch finster. Ich wollte das Auto auf der Straße haben, bevor das letzte Licht entschwunden war. Also nahm ich die Pistole zur Hand und blickte zu dem Maultier hinüber. Es schaute mich aus trüben Augen an.

»Lorry!«

Ich hielt ihr die Waffe hin: »Erschieß das Maultier!«

Ein erstaunter Ausdruck erschien auf ihrem Gesicht.

»Nimm die Pistole!« befahl ich scharf.

Ihre Finger schlossen sich um den Knauf. Aber sie starrte mich immer noch mit einem Ausdruck erschrokkenen Staunens an.

»Das ist eine lange Geschichte.« Ich blickte nach der anderen Seite und schämte mich für das, was ich von ihr verlangte. »Ich werde sie dir erzählen – ein andermal. Aber jetzt sollst du den armen Kerl erlösen. Drücke die Mündung gegen seine Stirn.«

Langsam, zögernd trat sie auf das Tier zu und hob die Waffe. Ich mußte wegschauen. Dann krachte der Schuß. Lorry kam zurück und legte die Pistole schweigend neben mich. Täuschte ich mich oder war in ihren Augen wirklich ein versteckter Ausdruck von Mitleid?

»Komm«, sagte ich rauh. »Wir müssen weiter.«

Die Benzinuhr zeigte an, daß der Tank zu einem Drittel voll war. Zwanzig, fünfundzwanzig Liter, schätzte ich. Die Reifen waren abgenutzt und zu schwach aufgepumpt, das Blech zerschunden, die Innenausstattung in miserablem Zustand. Aber es war ein Auto. Der Motor klopfte fürchterlich, wenn das Öl warm wurde. Ein Pleuellager mußte gebrochen sein. Ich durfte nur eine Höchstgeschwindigkeit von dreißig Stundenkilometern wagen. Dabei hatte ich gehofft, daß ich die zusätzlichen Gefahren der offenen Benutzung dieser Straße durch Geschwindigkeit würde ausgleichen können.

Lorry kauerte sich auf meine Anweisung hin auf den Rücksitz, damit man sie von draußen nicht sehen konnte. Niemand durfte bemerken, daß ich eine junge Frau bei mir hatte, sonst . . .

Auf der Straße schaltete ich das Fernlicht ein. Dadurch konnte man mich zwar aus einer Entfernung von vielen Kilometern sehen, aber ich wollte nicht irgendein plötzlich auftauchendes Hindernis rammen.

Bis zur Kreuzung mit dem US 40 – etwa fünfzehn Kilometer – brauchten wir etwas weniger als eine Stunde. Erst wollte ich auf dem schnurgeraden Betonband einfach nach Südwesten abbiegen, aber dann erinnerte ich mich daran, daß Lorry mir etwas von einer Bombe erzählt hatte, die in die San Pablo Bay gefallen war. Damit waren die beiden Brücken über die Straße von Carquenez vermutlich zerstört. Wir mußten auf die andere Seite der Bay gelangen. Auf dieser Seite konnten wir also nicht bleiben, denn ich glaubte nicht daran, daß die berühmte Golden Gate Bridge intakt geblieben war.

Der einzige andere Weg war, immer nach Süden zu halten und zu versuchen, dort irgendwo über den Fluß zu kommen.

Gegen vier Uhr morgens erreichten wir in Rio Vista das Sacramento-Delta. Lorry schlief auf dem Rücksitz. Ich zitterte vor Erschöpfung. Irgend etwas war nicht in Ordnung mit mir, das mußte ich mir jetzt eingestehen. Ich hatte Fieber und Schwindelanfälle, und meine Kinnladen schmerzten. Vor mir tauchte ein kleines Licht auf. Aber bald darauf sah ich es schon doppelt.

Die Straßenbrücke über den Fluß war nicht mehr da. Die Überreste der Stahlkonstruktion ragten wie die Knochen eines prähistorischen Sauriers aus dem schwarzen Wasser. Die Strömung bildete an ihnen kleine Wirbel.

Ein einzelner Posten saß am Straßenrand in einer verlassenen Tankstelle, während die Stadt hinter verschlossenen Fenstern und Türen fest schlief. Als ich näherkam, machte er mir mit seiner Taschenlampe ein Zeichen. Ich ließ den geschundenen Wagen ausrollen.

Der Posten trug eine Art von Uniform und das Abzeichen eines Hilfssheriffs. Als er mit der Lampe das Innere des Wagens ableuchtete, wachte Lorry auf. Wahrscheinlich bekam der Mann heutzutage nicht viele Autos zu Gesicht. Unser Aufzug schien ihn etwas zu beunruhigen, vielleicht deshalb, weil er allein war.

»Was ist los, Sheriff?« fragte ich.

»Nichts, Major. Die Brücke ist weg, sonst nichts.«

»Das sehe ich.«

»Sie sind nicht von hier, was?«

Statt einer Antwort fragte ich: »Kann man hier irgendwie über den Fluß kommen?«

Er rieb sich mit der Kante der Taschenlampe gedankenvoll die Wange. »Weiß ich auch nicht so recht. Manchmal verkehrt droben in Ryde eine Fähre. Wenigstens war das so, bevor der alte Jerry Tully starb. Sie wollen nach Süden, mit der Frau?«

»Ja.«

»Auf der anderen Seite der Berge sieht's ziemlich böse aus, Major.«

»Kann ich mir denken. Und wie ist es hier?«

»Könnte besser sein, könnte aber auch schlimmer sein. Drüben in Isleton haben sie Typhus. Verglichen damit, geht's uns hier gar nicht so schlecht.«

»Wir waren ein bißchen von der Welt abgeschnitten«, sagte ich vorsichtig. »Hat Conelrad in letzter Zeit irgendwelche Neuigkeiten durchgegeben?«

»Wahrscheinlich haben Sie davon gehört, daß die Regierung mit einer Luftbrücke Truppen nach Rußland schafft«, berichtete er. »Das hat das Radio vor drei, vier Tagen gemeldet.«

»Nach Rußland?«

»Ja. Das war eine ihrer Bedingungen für die Kapitulation. Die Chinesen brechen in Sibirien ein. Unsere Jungs sollen den Russkies jetzt helfen, die Gelben vom europäischen Teil des Landes fernzuhalten. Weiß nicht – für mich klingt das nicht gut. Es gibt einfach zu viele Chinesen.«

Das gab mir zu denken. Es war nur logisch, daß die Chinesen ein geschlagenes Rußland überfallen würden. War das schon der Beginn des Vierten Weltkriegs? Eine niederschmetternde Aussicht!

»Gibt's außer den Radiomeldungen irgendwelche Kontakte mit der Außenwelt?« fragte ich.

»Nein«, antwortete der Mann bitter. »Sie können zwar Truppen nach Rußland fliegen, aber uns einen Arzt schicken, das können sie nicht.«

Ein neuer Schwächeanfall schüttelte mich. Es war so schlimm, daß ich schon dachte, mir würden die Sinne schwinden. Der Hilfsheriff schien mir meinen Zustand trotz des schwachen Lampenlichts anzumerken, denn er unterbrach plötzlich sein Schimpfen und fragte:

»Sind Sie auch in Ordnung, Freund? Sie sehen krank aus!« In seiner Stimme vibrierte eine Spur von Angst mit. Kein Wunder – wenn drüben auf der anderen Seite des Flusses der Typhus wütete.

»Danke, geht schon wieder«, sagte ich. »Wie weit ist es bis Ryde, bis zu dieser Fähre?«

»Fünfzehn oder zwanzig Kilometer. Fahren Sie nur immer der Uferstraße nach. Aber ich weiß nicht sicher, ob die Fähre verkehrt.«

»Wir versuchen es wenigstens. Vielen Dank für die Auskunft.«

»Gern geschehen, Major. Und – passen Sie auf. Es passieren eine Menge Überfälle in der Gegend.« Er streifte Lorry mit einem bedeutungsvollen Blick.

»Wir passen schon auf«, sagte ich finster und startete den Motor.

Zehn Kilometer hinter Rio Vista ging der Sprit aus. Der Motor blubberte noch einmal und blieb stehen. Ich fühlte mich so zerschlagen, daß ich bezweifelte, ob ich laufen konnte. Aber Lorry packte wie selbstverständlich das Gepäck in zwei Packen. Es wurde mir immer klarer, daß in dem zarten Mädchen eine enorme Zähigkeit und Widerstandskraft stecken mußte. Vor weniger als vierundzwanzig Stunden hatte sie das Schlimmste an Mißhandlung und seelischem Schock erdulden müssen, was ein Mensch ertragen kann. Und jetzt legte sie einen bewunderungswürdigen Lebenswillen an den Tag.

Ich nahm den Packen und Lorry den Schlafsack. Ich fragte mich, wie lange sie in den selbstgefertigten Sandalen würde laufen können. Aber die Straße war gut. Wenn wir uns Zeit ließen, würde es schon gehen.

Bei Morgengrauen wanderten wir durch eine herrliche Marschlandschaft, die vor dem Krieg ein Paradies der Fischer gewesen war.

Lorry unterbrach das Schweigen. Sie fragte:

»Was hast du bei der Air Force eigentlich gemacht?«

»Raketen«, antwortete ich knapp.

»Oh«, machte sie nur. »Ich verstehe.«

»Was gibt's daran zu verstehen?« Ich blickte sie von der Seite an. Sie erwiderte meinen Blick sehr ernst.

»Ich verstehe jetzt, warum du das Maultier nicht töten konntest.«

»Tut mir leid, daß ich das dir überlassen mußte.« Ich schaute weg.

»Es ist zuviel gemordet worden, nicht wahr?«

»Viel zuviel, Lorry.«

Und dann redete ich weiter, während wir den Fluß entlanggingen. Nie war mir zum Bewußtsein gekommen, wie einsam ich war, bis ich dieses Mädchen traf. Jetzt war auf einmal jemand da, zu dem ich sprechen konnte.

»Zehntausend Jahre lang haben sich die Menschen gegenseitig versichert, daß das Böse auf der Welt vernichtet werden müsse«, schloß ich. »Aber wer will sich zum Richter aufschwingen? Wer will sagen: Der dort ist böse, der muß vernichtet werden? Wer?«

»Ich weiß keine Antwort darauf«, meinte sie gedankenvoll. »Diese Männer . . .« Es fiel ihr schwer, ihre Stimme unter Kontrolle zu halten. Aber sie bemühte sich, etwas logisch zu sehen, was eigentlich viel zu sehr mit Emotionen beladen war. »Die Männer zum Beispiel, die mich hatten. Ich habe nichts sehnlicher gewünscht, als daß sie sterben. Nicht nur meinetwegen. Es ist, als hätten sie etwas genommen und es in den Schmutz gezerrt. Nicht mich, Gavin. Jedenfalls nicht nur mich. Ich werde nie vergessen, was sie mir angetan haben. Aber ich werde darüber hinwegkommen, weil ich muß. Es ist mehr das, was sie sich selbst angetan haben. Das Töten. Das Rauben. Sie haben das Leben selbst in den Schmutz gezogen. Können wir nicht solche Menschen verurteilen?«

»Ich weiß nicht, Lorry«, sagte ich bedrückt. »Ich hätte sie erschossen. Aber ich konnte es nicht. Ich brachte es nicht fertig. Ich habe schon zu viele getötet.«

»Du darfst dir deswegen keine Vorwürfe machen«, sagte sie ernst.

»Wem soll ich denn Vorwürfe machen, wenn nicht mir selbst? Wen sollen wir denn für das beschuldigen, was geschehen ist? Wir sind alle dafür verantwortlich. Das dürfen wir niemals vergessen. Oder es wird wieder passieren.«

»Ja«, sagte sie nüchtern. »Darin gebe ich dir recht. Ein hartes Urteil, aber gerecht. Aber es ist ein Urteil, das nur ein Idealist über sich fällen wird.«

»Ich habe irgendwo eine Tochter.« Ich versuchte, es ihr zu erklären, aber es gelang mir nicht ganz. »Wenn es in der Welt, in der sie leben soll, wieder irgendeine Art von Ehre und Ordnung geben soll, dann müssen wir uns ehrlich eingestehen, wie sehr wir diese Welt verhunzt haben. Wer einen Menschen umbringen kann, der kann auch ein Volk umbringen. Wenn man Völker vernichten kann, dann kann man auch den ganzen Planeten in die Luft jagen. An irgendeiner Stelle muß die Ehre einsetzen. Hier, bei uns, weil wir noch leben. Das ist nach meiner Überzeugung der Sinn des Überlebens.«

Wieder wurde es still zwischen uns, aber es war die Stille des Einverständnisses, geboren aus der Erkenntnis, daß jeder dem anderen dankbar war für eine menschliche Gemeinschaft, die man lange vermißt hatte.

Plötzlich sagte Lorry: »Deine Frau, Gavin - wie ist sie eigentlich. Ist sie hübsch?«

»Ja. Vielleicht bin ich voreingenommen - aber sie ist hübsch.«

»Du mußt sie sehr vermißt haben.«

»Ich habe sie immer geliebt, Lorry, jede Minute. Zwischen uns ist nie Gleichgültigkeit gewesen wie zwischen so vielen Ehepaaren.«

»Sie muß ein wunderbarer Mensch sein, wenn du sie so liebst.«

»Und dein Mann, Lorry?« fragte ich. »Wie war es mit ihm?«

»Ich war immer einsam«, antwortete sie einfach.

»Das bedeutet nicht das Ende des Lebens.«

Sie schaute mich mit ehrlicher Zuneigung an. »Hoffentlich glaubst du das auch, Gavin.«

»Natürlich glaube ich das.«

Wollte sie mich warnen, vorbereiten? Mir sagen, daß ich nicht zu sehr hoffen sollte? Da war etwas, wogegen ich mich nicht schützen konnte. Eine verborgene Drohung, die mich bestürzte. Nur die Zeit würde erweisen, was war und was sein mußte.

Je länger wir gingen, um so heftiger spürte ich Fieber und Schwäche. Mein Mund und meine Augen schmerzten. Ich fühlte mich dem Gewicht meines Pakkens kaum noch gewachsen.

»Du siehst müde aus, Gavin«, sagte Lorry neben mir.

»Geht schon. Ich bin nur ein bißchen wackelig, aber das ist schon alles.«

Sie blickte mich zweifelnd an. »Sollten wir nicht lieber eine Rastpause einlegen?«

»Wir müssen ein Boot finden, oder wir bleiben auf dieser Seite des Flusses hängen.«

»Ja, wir müssen auf jeden Fall den Fluß überqueren.«

Das klang so zweifelnd, daß ich ihr hätte etwas sagen müssen. Ich hätte die Pflicht gehabt, sie zu überzeugen und zu beruhigen. Aber ich konnte es nicht. Ich fühlte mich einfach zu elend für einen Wortwechsel. Es kostete mich Mühe, einfach einen Fuß vor den anderen zu setzen und mit brennenden Augen nach irgendeinem Anzeichen für die gesuchte Bootsanlegestelle auszuspähen.

Wie unsinnig das war, wurde mir nicht richtig klar. Natürlich mußte es hier Boote geben – aber die lagen nicht einfach herrenlos am Flußufer herum. Boote stellten in diesen Zeiten einen erheblichen Wert dar. Niemand ließ sie herumliegen. Diese Tatsache übersah ich.

Ich weiß nicht, wie lange wir so dahingingen. Es war schon nach Mittag, als ich stolperte und lang hinstürzte. Zu meinem Schrecken merkte ich, daß ich nicht wieder aufstehen konnte. Meine Knie gaben nach wie dünnes Wasser, und in meinem Magen brannte ein furchtbares Feuer. Ich saß auf dem Boden, wußte nicht, was mit mir geschah und fühlte mich von meinem eigenen Körper betrogen und im Stich gelassen.

Lorry beugte sich über mich, preßte ihre Lippen gegen meine Stirn und richtete sich wieder auf. In ihren Augen spiegelte sich eine Mischung aus Mitleid und Verzweiflung.

»Gavin, warum hast du nichts gesagt? Wir hätten schon vor Stunden rasten müssen.«

Die Ruhe tat mir gut. Ich antwortete: »Das war nicht nötig. Hab' ein paar Minuten Geduld, dann gehen wir weiter.«

Sie betrachtete mich und schüttelte langsam den Kopf.

»Schluß für heute«, sagte sie energisch. »Du mußt jetzt schlafen.«

»Wir können nicht einen halben Tag vergeuden!« protestierte ich.

»Doch!« erklärte sie bestimmt. »Wir sind die ganze Nacht hindurch gefahren. Jetzt bleiben wir hier.«

Ich sagte ihr nicht, daß ich in mir schon die deutlichen Anzeichen der furchtbaren Krankheit spürte. Statt dessen ließ ich mich einfach treiben. Sie hatte recht. Im Augenblick hätte ich keinen einzigen Schritt mehr tun können.

Lorry packte die Eßwaren aus und entfachte aus trockenem Gras und Schilf ein Feuer. Dann setzte sie ein Eßgeschirr voll von dem brackigen Flußwasser auf. Ich war plötzlich durstig geworden, aber sie bestand darauf, daß das Wasser erst abgekocht werden müßte. Auch in dieser Hinsicht hatte sie recht. Ich schloß die Augen und lehnte mich an meinen Packen. Sekunden später war ich tief und traumlos eingeschlafen.

Ich wachte erst bei Sonnenuntergang wieder auf. Mein Mund brannte vor Durst. Mein Hals fühlte sich an wie Sandpapier. Jeder Schluck schickte feurige Wogen von Schmerz durch meinen Körper. Das Feuer brannte immer noch. In dem Eßgeschirr dampfte irgendeine Brühe. Aber der Gedanke an Essen drehte mir fast den Magen um. Ich verlangte Wasser, Lorry gab es mir. Das abgekochte Flußwasser schmeckte scheußlich, aber es war wenigstens naß und kühl.

»Es geht mir schon wieder viel besser«, sagte ich, nicht ganz wahrheitsgemäß.

»Wirklich?« fragte sie und fühlte nach meinem Puls. »Du hast immer noch Fieber.«

»In meinem Packen sind noch ein paar Pillen. Ich nehme eine, dann müssen wir abwarten.«

Sie brachte mir die Tabletten. Es waren noch acht. Die übrigen acht hatte ich der sterbenden Frau in Shasta gegeben.

»Nur eine«, sagte ich. »Wir müssen sparen, vielleicht brauchen wir die anderen noch dringender.«

»Jetzt brauchen wir sie«, widersprach Lorry. »Du nimmst jetzt zwei, und dann alle vier Stunden eine, bis wir wieder aufbrechen.«

»Eine«, sagte ich. »Was ich habe, wird vielleicht gar nicht von Erregern verursacht.«

Sie schwieg. Die Möglichkeit, daß ich wahrscheinlich strahlenkrank war, wurde zwischen uns nicht mehr erwähnt.

Es wurde dunkel. Der erste Stern tauchte auf. Sie hockte schweigend neben mir, bis sie plötzlich sagte:

»Gavin?«

»Ja?«

»Weißt du – es ist bald Weihnachten.« Dann senkte sie den Kopf und weinte. Ich nahm sie sanft in den Arm und ließ sie weinen. Dabei hoffte ich, daß eine mitfühlende Seele in der Nähe sei, falls Pam und Sue auf die gleiche Art weinten wie dieses Mädchen.

19

Als ich aufwachte, war es stockdunkel. Erst hörte ich nur das Knistern und Fauchen des Windes in den Riedgräsern und Lorrys ruhige Atemzüge neben mir. Ich schaute auf die Uhr. Die Leuchtziffern zeigten mir, daß es fünf Uhr morgens war.

Aber dann hörte ich noch ein anderes Geräusch.

Meine Hand schloß sich um den Kolben der Waffe. Sie gab mir nicht die Spur von Selbstvertrauen. Jemand schlich sich vorsichtig an unser Lager heran. Ich drehte den Kopf und lauschte. Dort drüben lag unser Gepäck. Mein Herz klopfte so hart, daß es der nächtliche Besucher unbedingt hören mußte – dachte ich.

Lorry bewegte sich. Rauher als beabsichtigt, legte ich ihr die Hand auf die Lippen. Eine Sekunde lang bäumte sie sich auf und wollte sich wehren; aber dann war sie richtig wach, berührte das kalte Metall der Pistole und erstarrte. Sie hatte verstanden.

Ich richtete mich vorsichtig auf. Nach einer Weile kam das schleifende Geräusch näher. Ich hörte mühsam unterdrückte Atemzüge in der Nähe. Da packte ich die Waffe fester, drückte Lorry beiseite und sagte laut:

»Bleib stehen, wo du bist!«

Ich hörte als Antwort ein erstauntes Atemholen. Plötzlich prallte ein leichter, aber muskulöser Körper gegen mich. Die Pistole wurde mir aus der Hand geschlagen.

Ich fiel auf den Rücken und spürte das Gewicht des anderen auf mir. Der Geruch ungewaschener Haut stieg mir in die Nase. Ich schlug hart zu und hörte einen leisen Schmerzensruf. Ich schleuderte das Gewicht von mir, richtete mich auf den Knien auf und wurde sofort wieder angegriffen. Ein heißer Schmerz zuckte mir über die Stirn. Ich fühlte mein eigenes Blut auf dem Gesicht.

Da packte ich mit beiden Armen zu und bekam ihn zu fassen. Mit letzter Kraft entwand ich ihm das Messer und preßte ihn mit meinem größeren Gewicht auf den feuchten Boden.

Da gab er auf und begann zu weinen.

Lorry riß ein Streichholz an und hob einen Bündel trockenen Riedgrases wie eine Fackel über ihren Kopf. In der flackernden Beleuchtung merkte ich, daß ich einen kleinen, sehr schmutzigen Jungen gegen den Boden drückte. Seine Augen waren in panischer Angst weit aufgerissen. Ein Wust sandfarbener Haare hing ihm fast bis auf die Schulter. Seine Kleidung war entsetzlich verschmutzt und stank nach allem möglichen.

»Mein Gott – ein kleiner Junge!« flüsterte Lorry.

Ich gab vorsichtig nach, aber da wollte er sich sofort losreißen, und ich mußte wieder hart zupacken. Das Blut lief mir über das Gesicht. Ich hatte eine ziemliche Angst ausgestanden, aber jetzt war ich wütend. Anscheinend merkte er mir das an, denn er bettelte:

»Bitte – nicht schlagen, Mister! Bitte, nicht . . . Ich mußte es tun. Tenner und Rock haben gesagt, daß ich . . .«

Seine Stimme erstarb.

»Gavin, du blutest«, stellte Lorry fest.

»Mein Gott, das tut mir aber leid, Mister!« Der Junge weinte wieder. »Ich wollte Sie nicht verwunden, aber . . .«

»Jetzt hör mir mal gut zu!« unterbrach ich ihn streng. »Ich werde dich loslassen. Aber wenn du weglaufen willst, bist du dran. Ich werde dich auf alle Fälle wieder erwischen. Ist das klar?«

»Was werden Sie mit mir machen?« fragte er.

Ich ließ ihn los und hob das Messer auf. Es war ein langes Brotmesser mit Sägeschliff. Eine häßliche Waffe für ein Kind.

Lorry zündete eine zweite Grasfackel an und sagte: »Ich werde erst mal die Wunde versorgen, Gavin.«

Ich schüttelte ungeduldig den Kopf und stand auf. Die überstandene Anstrenung hatte mich vollkommen erschöpft. Mir war fast schlecht. Der Junge starrte mich an.

»Hungrig?« fragte ich.

Er starrte nur verständnislos.

»Willst du etwas zu essen?«

Er schluckte krampfhaft, ließ aber keinen Blick von mir und gab auch keine Antwort. Ich hockte mich neben ihn und sagte etwas freundlicher:

»Hör mal, Junge, wir werden dich nicht bestrafen. Also brauchst du keine Angst zu haben. Willst du etwas essen?«

»Ich habe immer Hunger«, sagte er leise.

»Ich hole dir etwas«, flüsterte Lorry voller Mitgefühl.

»Wer sind Tenner und Rock?« fragte ich.

»Zwei andere Jungen. Wir laufen so miteinander herum. Sie zwingen mich, Sachen zu besorgen.«

»Wo sind sie? Am Fluß?«

»Ja, am Fluß.«

»Und wo sind deine Eltern?«

Der Junge zuckte die schmalen Schultern. Er schien über meine Frage nachzudenken. »Ich weiß es nicht. Sie sind nicht davongelaufen. Nein – das hätten sie nie gemacht. Aber . . .« Er zögerte wieder. Seine Erinnerung war getrübt. Schließlich sagte er gleichgültig: »Ist ja auch egal. Ich bin mit Tenner und Rock beisammen. Das sind große Jungen. Sie sorgen für alles.«

Lorry brachte ihm eine Rationspackung. Der Junge starrte sie gierig an. Lorry gab ihm etwas Keks und Schokolade. Er packte es und stopfte alles so schnell in den Mund, daß er daran fast erstickte.

»Langsam!« mahnte Lorry. »Du wirst sonst krank.«

»Quatsch!« fauchte er undeutlich. »Hat man so was schon gehört! Von Futter krank werden . . .«

»Iß trotzdem langsam«, erinnerte Lorry. »Du kannst noch mehr haben, wenn du hungrig bist.«

Er hörte auf zu kauen und blickte ungläubig zwischen Lorry und mir hin und her. Dann fragte er: »Wieviel Futter habt ihr denn überhaupt?«

»Jedenfalls genug, daß du etwas mitbekommen kannst«, antwortete Lorry.

»Wie heißt du denn?« fragte ich ihn.

»Kim.«

»Und der Familienname?«

Wieder erschien auf seinem Gesicht der verwirrte Ausdruck. »Habe keinen. Einfach Kim. Tenner und Rock rufen mich auch so.«

Was mochte er wohl erlebt haben, das seine Erinnerung so vollkommen ausgelöscht hatte?

»Erzähl mir was über deine Freunde«, ermunterte ich ihn.

»Es sind große Jungen. Tenner muß so siebzehn oder achtzehn sein. Rock ist vielleicht zwanzig. Aber er ist nicht unser Boß, weil's ihm da fehlt.« Er tippte sich gegen die Stirn. »Tenner sorgt für alles. Tenner und die Mädchen.«

»Welche Mädchen?«

»Nicky und Georgia. Sie gehören zu uns und ...« Plötzlich verstummte er, als hätte er etwas sagen wollen, was Geheimnis bleiben mußte.

»Und wo sind sie?«

»Das darf ich nicht sagen, Mister!«

»Sobald es hell wird, brechen wir auf und sehen selbst nach«, bestimmte ich.

Der Junge zuckte wieder die Schultern und aß weiter. Er schien seine Angst vor mir verloren zu haben. Vielleicht hatte er instinktiv gefühlt, daß ich ihn nur deshalb nicht bestraft hatte, weil ich gar nicht strafen konnte.

Lorry kam zu mir herüber und verband mit den tiefen Kratzer, den die gezackte Schneide des Messers auf meiner Stirn hinterlassen hatte. Dabei sagte sie leise:

»Gavin, warum willst du unbedingt die anderen finden? Da stimmt etwas nicht, ich fühl's genau.«

Weibliche Intuition, dachte ich. Oder warnte sie mich nur, weil sie mich ganz für sich haben wollte? Diesen Gedanken verwarf ich sofort wieder. Er war ihr gegenüber einfach nicht fair.

Kim beobachtete uns mit wachen Augen und fragte plötzlich:

»Habt ihr was miteinander?«

»Wir sind gute Kameraden, Kim«, antwortete ich. »Und ich möchte, daß du auch mein Freund wirst.«

»Weiß nicht, was Tenner dazu sagt«, meinte er nachdenklich.

»Kim, du bist uns den Fluß entlang gefolgt, wie?« fuhr ich fort.

Er nickte.

»Du hast ein Boot?«

Wieder nickte er. Ich konnte meine Erregung kaum noch verbergen. »Mit einem Boot kann man eine Menge anfangen«, sagte ich ruhig.

»Klar. Kann ich noch Schokolade haben?«

Lorry gab ihm noch einen Riegel. Ich fuhr mit meinem Verhör fort: »Das Boot könnte ganz in der Nähe sein.«

»Ist aber nicht. Tenner hat mich abgesetzt und ist zurückgefahren. Er mag Rock nicht zu viel mit den Mädchen allein lassen. Er hat sie schon einmal dabei erwischt und ist furchtbar wütend geworden.«

Ich dachte nur an das Boot. Ich mußte es haben. Die bohrenden Schmerzen in meinem Leib drängten mich zur Eile.

»Glaubst du, deine Freunde setzen uns nach Antioch über?« fragte ich.

»Kaum«, sagte Kim. »Tenner mag keine Städte.« Damit war für ihn das Thema abgeschlossen. Wieder verging eine lange Zeit. Ich stand mühsam auf, holte ein Eßgeschirr voll Wasser aus dem Fluß und verlöschte damit das kleine Feuer, das Lorry für den Kaffee angezündet hatte. Es wurde allmählich heller.

»Was hast du vor, Gavin?« fragte Lorry leise.

»Wir müssen Tenner und dieses Boot finden.«

»Kannst du denn noch?«

»Geht schon.«

»Du solltest ausruhen.«

Der Junge beobachtete uns aufmerksam und fragte gespannt: »Was ist mit ihm? Hat ihn die Strahlung erwischt?«

»Kommt das in der Gegend häufig vor, Kim?« fragte ich zurück.

»Na klar. Viele hat's erwischt. Mich auch, ich hab's ganz schlimm gehabt. Einmal haben wir einen mit der Krankheit im Fluß gefunden. Er war so übel dran, daß ihn Tenner kuriert hat. Mit einem großen Stein. Tenner macht so was gern.« Er sagte das mit einer Selbstverständlichkeit, die mir Schaudern verursachte. Für eine Sekunde hatte ich das Empfinden, diesen Tenner zu kennen. Ich mußte ihn schon gesehen haben. Kalte Augen unter dem Rand eines bemalten Stahlhelms. Vielleicht gaukelte mir auch nur das Fieber diese Wahnideen vor. Tenner war achtzehn. Er war nicht Collingwood. Collingwood war weit zurückgeblieben, irgendwo in der zerschlagenen Welt hinter mir. Ich fuhr mir mit der Hand über das Gesicht und bemühte mich, meine Gedanken wieder zu ordnen. Die Gesichtshaut fühlte sich heiß und trocken an.

Lorry blickte mich besorgt an.

»Ich habe nicht mehr viel Zeit«, sagte ich.

»Ich weiß.«

»Ich bin auch nicht sicher, ob ich es überhaupt schaffen werde«, fuhr ich so gleichmütig wie möglich fort. »Aber daran können wir ohne Arzt nicht viel ändern. Es ist besser, die kurze Zeit zu nutzen, die uns noch bleibt, Lorry.«

Sie preßte die Lippen zusammen und nickte. Sie wußte, daß ich recht hatte. Wir konnten uns nicht einfach hinsetzen und warten, daß mich die Krankheit vollends zu Boden warf.

Die Dämmerung wich einem blassen, bläulichen Licht. Kim hielt sich wie selbstverständlich in Lorrys Nähe. Erst jetzt schien er die rote Narbe in ihrem Gesicht zu entdecken. »Ich hab' auch so'n Ding«, sagte er.

Lorrys Hand fuhr rasch zum Gesicht, als wollte sie das häßliche Mal verdecken. Aber dann ließ sie die Hand wieder fallen und sagte gelassen: »So – du auch, Kim?«

»Klar«, sagte der Junge, drehte sich um und hob das Hemd hoch. Quer über seine Schulter hatte sich das von der ungeheuren Hitze verbrannte Fleisch in blutroten, mit dünner Haut überzogenen Striemen angeordnet. Es war die Narbe einer furchtbaren Verbrennung. Solche Verletzungen kommen nur zustande, wenn man der Hitzewelle einer nuklearen Bombe unmittelbar ausgesetzt ist. Kein Wunder, daß er sich kaum noch an etwas erinnerte, was vorher war.

Aber nicht die Brandnarbe ließ Lorry aufschluchzen. Darunter war sein Rücken von mehr oder weniger verheilten Striemen überzogen. Jemand hatte ihn geschlagen, mit teuflischer Präzision, immer einen Peitschenhieb neben den anderen.

»Junge!« rief ich mit einer Stimme, die mir fremd in den Ohren klang. »Wer hat das mit deinem Rücken gemacht?«

Er bedeckte sich rasch wieder. »Ich hab's verdient«, sagte er. »Es hat scheußlich wehgetan – aber ich hab's verdient.«

»Wer war es?« fragte Lorry.

Der Junge schüttelte den Kopf.

»Du brauchst dich nicht zu fürchten«, sagte ich. »War es Tenner?«

Der Junge nickte. Dann sagte er, als müsse er seinen Freund unbedingt entschuldigen: »Er hatte recht, mich zu schlagen. Er hatte vollkommen recht.«

»Warum, Kim?«

»Ich hab' mit dem Kommi gesprochen. Ich hab' ihm sogar was von unserem Futter gegeben. Da ist Tenner wütend geworden. Aber er hatte vollkommen recht . . .«

»Kim«, drängte ich. »Ist da noch jemand bei euch? Jemand, von dem du mir noch nichts gesagt hast?«

»Ich hätte den Mund halten müssen«, meinte Kim gequält.

»Na, jetzt hast du aber davon angefangen. Erzähl mir auch das Übrige, Kim.«

»Herr im Himmel, wird Tenner wütend werden! Er schmeißt mich 'raus, und ich hab' keine Ahnung, was ich dann allein machen soll.«

»Du bleibst bei uns«, erklärte Lorry sehr bestimmt.

Der Junge blickte uns ungläubig an. »Bei euch? Bei euch Erwachsenen?«

»Natürlich.«

»Möchtest du das denn, Kim?« fragte Lorry.

Kim blickte mich an, als versuchte er, meine Gedanken zu lesen. »Und das sagen Sie nicht nur, weil ich Ihnen was über den Kommi erzählen soll?«

»Nein. Aber ich möchte trotzdem, daß du mir alles über diesen Kommi erzählst. Ich muß genau wissen, wer da alles am Fluß haust.«

»Er steckt in einer Kiste. In einer Art von Käfig.«

»Käfig?« Lorry runzelte die Stirn.

»Rock hat ihn eingefangen und da 'reingesteckt.«

»Und dann haben sie dich geschlagen, weil du mit ihm gesprochen hast?« fragte Lorry in einem Ton, als könne sie es nicht fassen.

»Er spricht nicht gut. Er schreit nur immer, wenn sie ihm Angst machen. Ich denke, der Käfig ist ihm vielleicht zu klein, und er will da 'raus, aber Georgia und Nicky ärgern ihn gern, und Tenner will ihn nicht freilassen. Er sagt, er ist ein Kommunist, der Bomben auf unser Land geschmissen hat. Er ist ein Verbrecher und ein Kriegsgefangener, sagt Tenner. Er weiß eben was über solche Dinge . . .«

Plötzlich erinnerte ich mich an den zerstörten Tupolev-Bomber, den ich weiter oben im Tal gefunden hatte. Ich erinnerte mich an die Erdhügel. Fünf Gräber – und ein Tupolev hatte eine sechsköpfige Besatzung . . .

»Lorry, darum müssen wir uns kümmern«, sagte ich. Ein russischer Pilot – der Mann, den sie »Kommi« nannten – konnte gewisse Informationen besitzen, die mir nützen konnten.

»Hören Sie, Mister«, begann Kim vorsichtig. »Sie sind doch jetzt nicht sauer, weil ich Ihnen von dem Kommi erzählt habe? Sie haben versprochen, daß ich bei euch bleiben kann. Das war doch . . .«

»Das war mein voller Ernst, Kim«, versprach ich.

Lorry berührte mein vor Hitze brennendes Gesicht. »Gavin, wäre es nicht besser, wenn wir nach Rio Vista zurückgehen würden? Vielleicht kommen wir dort irgendwie über den Fluß.«

»Nein!« sagte ich entschieden. »Unser Weg führt hier entlang.«

Lorry wollte erst protestieren, überlegte es sich dann aber anders.

»Na schön«, murmelte sie. »Wenn du es so möchtest.« Sie legte ihren Arm um den Jungen. Beide blickten mich fragend an. Lorry erklärte mit sanfter Stimme: »Kim, wir müssen immer das tun, was er sagt. Dann nimmt er uns mit nach Hause.«

Es rührte mich seltsam an, wie sie das sagte.

20

Am Vormittag erreichten wir einen Punkt, von dem Kim uns erklärte, es sei die Grenze von »Tenners Gebiet«. Das Land war flach und feucht. Das Riedgras wuchs beinahe hüfthoch. Als Versteck war die Gegend gut gewählt. Wer den Weg durch die feuchten Ufersümpfe zum Fluß nicht kannte, konnte hier weder angreifen noch entkommen. Hier konnte sich auch eine kleine Bande beliebig lange ohne besondere Vorsichtsmaßnahmen halten.

Kim führte uns auf dem Kamm eines schmalen Deiches entlang. Früher schien es hier eine unbefestigte Straße gegeben zu haben. Ein verwaschenes, kaum noch lesbares Schild sagte uns, daß wir den Privatgrund irgendeines Jagdklubs betraten.

Plötzlich blieb Kim lauschend stehen. Ich konnte außer dem fernen, heiseren Schrei der Wasservögel nichts hören. Lorry war beunruhigt. Sie zitterte in der kühlen, feuchten Luft.

»He, Tenner, ich bin's – Kim!« rief Kim.

Keine Antwort.

»Tenner – ich bin wieder da, Kim ist da!«

Es dauerte lange, da hörte ich aus einer der mit Dachpappe gedeckten Hütten des Jagdklubs die Antwort:

»Wen hast du da mitgebracht?«

»Schon in Ordnung, Tenner. Das sind Freunde. Haben Futter für uns übrig.«

»So? Wer sagt das?« war die höhnische Antwort.

»Ich«, antwortete ich. »Ich bin Major Gavin. Wir wollen mit euch ein Tauschgeschäft machen: Nahrungsmittel gegen ein paar Informationen und das Übersetzen auf die andere Flußseite.«

»Wir haben kein Boot, Opa«, kam die freche Antwort.

»Das ist gelogen!« schrie Kim.

»Rühr dich nicht vom Fleck, Opa!« warnte der Unsichtbare. »Keine falsche Bewegung! Ich hab' eine Büchse in der Hand.«

»Das ist auch gelogen«, flüsterte Kim. »Sie haben keine Büchse.«

»Wir kommen jetzt ins Lager«, sagte ich. »Du brauchst dich nicht zu verstecken. Keinem von euch geschieht etwas.«

Ich stieg den Damm hinunter und ging auf die drei windschiefen Holzhütten zu. Eine der Hütten war kleiner als die beiden anderen, sie schien etwas in den morastigen Grund versunken zu sein. Auf dem flachen Dach lagen Dutzende großer Lehmklumpen. Mit solchen Wurfgeschossen hatten wir uns als Kinder auch gegenseitig beworfen. Man brauchte nur ein Stück Rasen aus dem feuchten Boden zu ziehen. Ich konnte mir nicht recht vorstellen, warum die Klumpen auf dem einen Dach lagen, während die beiden anderen Dächer sauber waren.

Tenner kam immer noch nicht zum Vorschein. Ich nahm die Pistole aus der Tasche, steckte sie mir in den Gürtel und befahl in meinem besten Kommißton: »Los, Tenner, wird's bald? Komm 'raus, sonst mach' ich dir Beine!«

»Komm ja schon!« antwortete die Stimme. »Deswegen brauchst du nicht den großen Mann zu markieren, Opa.«

Ein schlanker Junge kam um die Ecke der Hütte. Er trug schwarze Kordhosen, die ihm tief über die Hüften hingen. Um seine muskulöse Brust spannte sich ein knappes Unterhemd. Die Füße steckten in dicken Winterschuhen. Seine langen Haare waren zu Wellen und komischen Kringeln angeordnet, die ausgesprochen weibisch wirkten.

Der Junge versuchte krampfhaft, sich selbst einen drohenden Ausdruck zu verleihen. Er hakte die Daumen hinter das Hosenband und zerrte sie damit noch tiefer. Dann neigte er den Kopf zur Seite und betrachtete mich verachtungsvoll. Sein Gesicht war schmal und verkniffen, geziert von einem weichen Bart. Das Rasieren und Waschen hatte er schon längst aufgegeben. Aus einer Entfernung von fünf Schritten konnte ich den sauren Schweißgeruch spüren, der von ihm ausging.

»Das ist Major Gavin von der Air Force«, sagte Kim vorsichtig.

»Mächtige Sache, was«, maulte Tenner.

»Sie wollen nach Antioch hinüber«, fügte Kim hinzu.

»Ach was? – Komm, Rock, hör dir den Blödsinn mal an!«

Tenners Kumpan tauchte hinter ihm auf. Er war ein Muskelberg mit einem Kindergesicht. Die ganze Masse wog sicherlich über zwei Zentner. Er blieb stehen und blickte uns neugierig an. Seine Füße waren unbekleidet und pechschwarz. An einem Handgelenk hatte er eine rostige Kette befestigt, an der mehrere schwere Eisenbolzen als Schlagwaffe hingen.

»Sie wollen 'rüber nach Antioch«, wiederholte Tenner. »Was hältst du davon, Rock?«

»Wir fahren aber nicht nach Antioch«, sagte Rock mit erstaunlich hoher, piepsiger Stimme. »Uns gefällt's hier ganz gut.«

Wir starrten uns eine ganze Weile lang gegenseitig an. Dann brach irgend jemand in albernes Kichern aus. Ich drehte mich halb um und erblickte die beiden anderen Mitglieder von Tenners Bande, die um die Ecke der Bude auf der anderen Seite gekommen waren.

Die beiden Mädchen waren bestimmt nicht älter als sechzehn Jahre. Beide trugen sehr enge Hosen, die schon bessere Zeiten gesehen hatten, und Plastiksandalen, wie man sie früher für ein paar Cents in billigen Warenhäusern bekam. Ihre Oberkörper steckten in engen Pullovern, geschmückt mit einer erstaunlichen Ansammlung von Schmuckstücken aller Art. Manches davon war billiger Talmi, aber ich entdeckte auch ein paar offensichtlich echte Stücke darunter.

Schmutz und Make-up machten ihre Gesichter fast unkenntlich. Jedenfalls war die eine dunkelhaarig, die andere strohblond, und beide betrachteten mich abschätzend mit einem Ausdruck von ganz unverhohlenem sexuellen Interesse. Das störte mich insofern, als die Blonde ganz offensichtlich ein Kind erwartete.

»Hallo, Krieger – wo hast du dich denn versteckt?« fragte sie. Dann kicherten die beiden wieder los.

Ich versuchte, wieder zum Thema zu kommen: »Kim sagte, daß ihr ein Boot habt. Bringt uns über den Fluß, dann bekommt ihr etwas von unserem Proviant.«

Tenner musterte meinen Packen und meinte geringschätzig: »Da kann nicht viel drin sein. Habt ihr auch Schnaps?«

»Nein.«

»Was habt ihr sonst anzubieten?« Er blickte meine Pistole an.

»Ein wenig Geld.«

»Was sollen wir schon mit Pinkepinke anfangen?« fragte Tenner. Er starrte jetzt Lorry an: »Und du, Kätzchen? Hast du nichts?«

Das dunkelhaarige Mädchen kicherte und meinte: »Was sie hat, das siehst du doch selbst, Ten.«

»Halt die Schnauze!« drohte Tenner brutal. Sie zuckte nur die Achseln und betrachtete dann eingehend den Ring an ihrem Finger. Es war ein großer, wertvoller Rubin. Ich fragte mich, wie viele Geschäfte oder Häuser diese halben Kinder wohl geplündert hatten, um eine solche Masse von Wertgegenständen, vermischt mit Kram, anzuhäufen.

»Vielleicht könnten wir mit deiner Waffe was anfangen, Opa.«

»Die Waffe kommt nicht in Frage«, erklärte ich.

»Schade. Wirklich schade, was, Rock?«

»Du willst die Kanone haben, Ten?« fragte Rock. »Sag's mir, und ich hol' sie dir.«

»Ich würde das an deiner Stelle nicht versuchen«, warnte ich und trat dichter an Lorry heran, die ihren Arm um Kims Schulter gelegt hatte.

Rock ließ die Schlagwaffe an seiner rostigen Kette schwingen. Ich zweifelte keinen Augenblick daran, daß er mich angreifen würde, wenn Tenner es ihm befahl. In diesem Falle war ich geliefert. Das Fieber bekam immer mehr Macht über mich. Meine Knie gaben schon fast nach. Außerdem wußte ich genau, daß ich die Waffe nicht einmal zu meiner Verteidigung benutzen konnte. Ich konnte nicht auf die Jungen schießen.

Tenner wollte Rock schon einen Befehl erteilen, da wurde er durch ein langgezogenes Geheul unterbrochen. Es war ein Laut, der kaum noch menschlich klang.

»Verdammt!« fluchte Tenner. »Bring den Hund zum Schweigen, Rock!«

Rock ging ein paar Schritte weiter und riß einen dikken Grasbüschel mit der Erde an den Wurzeln heraus. Er schleuderte ihn auf das flache Schuppendach, auf dem schon die anderen Wurfgeschosse lagen. Dazu brüllten die beiden Mädchen: »Bomben auslösen!«

Die Stimme verstummte schlagartig. Dann fiel der große Erdklumpen dröhnend auf das Blechdach. Es gab einen Klang wie von einer riesigen Trommel. Aus dem Inneren des Schuppens folgte ein gepeinigter Schrei höchster Verzweiflung.

Ich konnte mir gut vorstellen, wie der Aufprall des Dreckklumpens für jemanden klang, der in der winzigen Hütte hockte. Was mußte der Gefangene durchgemacht haben!

Die Mädchen bogen sich vor Lachen, und selbst Tenner grinste jetzt.

»Das mag der lausige Kommi nicht«, kommentierte er. »Fürchtet sich davor. Kannst du dir das vorstellen, Opa? Ein großer, starker Mann fürchtet sich vor einem Dreckklumpen!«

Diesen jungen Leuten brauchte man über Grausamkeiten nichts mehr beizubringen. Vielleicht hatte der Mann da drin im Krieg eine Bombe auf Pam und Sue abgeworfen. Dafür hätte ich ihn eigentlich hassen müssen. Wollte ich wirklich, daß er langsam umkam? Als Strafe sozusagen? Ich schreckte vor diesem Gedanken zurück. Wie nahe an der Oberfläche schlummerte doch in uns allen der nackte Wilde, dachte ich bitter.

»Wenn ihr einen russischen Soldaten hier habt, dann will ich mit ihm reden. Vielleicht weiß er etwas, das für mich wichtig ist«, sagte ich so gelassen wie möglich.

Tenner lachte. »Wenn du unbedingt mit ihm reden willst – bitte! Das möchte ich gern erleben.«

»Bleib bei mir, Lorry«, sagte ich leise. Dann ging ich auf die Hütte zu. Keiner versuchte mich daran zu hindern. Grinsend kamen sie mir nach.

»Er riecht nicht sehr gut, dein Kommunistenfreund«, sagte Tenner. Er öffnete die Tür. Ich blickte in einen Abgrund der Hölle.

Eine große Packkiste war am offenen Ende zugenagelt worden. Die Latten ließen handbreite Zwischenräume. In diesem Verschlag, der bestenfalls einen mal eineinhalb Meter groß war, kauerte ein nackter, bärtiger Mann. Seine Füße waren mit dem eigenen Schmutz vom Boden der Kiste beschmiert. Er konnte sich nicht aufrichten. Vielleicht hatte er überhaupt schon vergessen, daß ein Mensch auf zwei Beinen stehen kann.

Er blinzelte im einfallenden Licht. Lorry keuchte vor Entsetzen.

Der Gefangene drückte sich in den hintersten Winkel der Kiste. Aber dann tauchte ein halbwegs vernünftiger Ausdruck in seinen Augen auf. Sein Mund bewegte sich: »Soldat ete?«

Die Stimme klang wie eingerostet. Aber er kam plötzlich nach vorn, ohne sich darum zu kümmern, daß er nackt war. Ich überwand meinen Ekel vor dem Gestank und trat ebenfalls näher. Da griff er durch die Zwischenräume der Latten und zupfte an meinen blanken Uniformknöpfen.

»Soldat ete? Soldat ete Tovaritsch?« wiederholte er.

Ich nickte.

Er schlug sich gegen die Brust und sagte in schlechtem Englisch: »Ich – auch Soldat. Ich Soldat. Hilf mir – auch Soldat, nicht Biest.«

»Rock«, sagte Tenner sanft. »Gib ihm eine.«

Rock ließ seinen Totschläger wirbeln und schlug dem Russen die Eisenbolzen auf die Finger. Der Gefangene brüllte auf. Er fuhr zurück, in die hinterste Ecke des Käfigs.

Ich fühlte eine wilde Aufwallung von Zorn, aber nicht gegen meinen Feind da in dem Käfig, sondern gegen den Jungen mit dem geölten Haar. Plötzlich war mir, als stünde Collingwood hinter mir. Ich fühlte seine Gegenwart, die Ausstrahlung dieses Mannes, die er mit all den anderen Collingwoods der ganzen Welt gemeinsam hatte. Mit allen, seit Anbeginn der Zeiten – seit Kain seinen Bruder Abel erschlug.

Ich mußte etwas unternehmen, bevor ich zu schwach dazu war. Ich mußte den Russen befreien. Aber ich durfte dabei weder Lorrys Leben noch das des Jungen Kim in Gefahr bringen.

»Na, wie gefällt er dir?« fragte Tenner herausfordernd.

»Stinkender Roter«, sagte ich. »Gebt es ihm nur richtig!«

Lorrys Augen wurden schmal. Vielleicht dachte sie nach, vielleicht verachtete sie mich, ich konnte es nicht sagen.

»Sollen wir den ganzen Vormittag hier in diesem Dreck stehen?« fragte ich rauh.

»Vielleicht will er mit uns über das Boot reden, das wir nicht haben«, mischte sich Rock ein und kam sich dabei sehr schlau vor.

»Halt die Schnauze, du Idiot!« befahl Tenner.

»Ich weiß, daß ihr ein Boot habt, Tenner. Mach dir keine Sorgen, ich werde euch keine Schwierigkeiten machen. Ich will nichts weiter, als über den Fluß kommen.«

Lorry merkte genau, daß ich jetzt »ich« statt wie bisher »wir« sagte. Sie zog Kim näher an sich heran und beobachtete mich genau. Rock verschwand in einer der Hütten und kam mit einem Krug wieder. Tenner nahm ihn Rock aus der Hand und reichte ihn mir mit einer Geste, als wollte er ein halbes Friedensangebot aussprechen.

»Da, Opa, nimm einen Schluck!«

Ich probierte vorsichtig den Inhalt. Es war eine Art

von Schnaps, schmeckte fürchterlich und roch noch scheußlicher.

»Wir schütten alles, was wir finden, in den Krug«, erklärte Tenner. »Das Ganze nennen wir Old Jazz. Schmeißt dich garantiert um.« Er griff nach dem Gefäß. »Da ist Bier drin, Wein, und auch harte Sachen. Alles. Sogar ein bißchen Vanille. Nicht schlecht, wie?«

»Prima«, bestätigte ich, obgleich mir der Schluck wie kochende Lava in den Eingeweiden lag.

»Du auch?« Tenner reichte Lorry den Krug hin.

»Ich trinke keinen Alkohol«, sagte sie kalt.

»Schlimm«, bemerkte Tenner und hob den Krug noch einmal an die Lippen. Dann reichte er ihn an die Mädchen weiter. Die Kanne machte mehrmals die Runde. Ich trank so wenig wie möglich. Lorry hielt sich mit Kim abseits. Ihr Gesicht gefror zu einer Maske, als sie merkte, wie ich mich mit den Jungen anbiederte.

Rock war schon ein bißchen betrunken. Er tippte mich an und flüsterte mit einem Blick auf Lorry: »Deine Puppe will nicht so recht, wie? Tenner könnte ihr ein paar Sachen beibringen.«

»Oh!« machte Nicky. »Du bist auch nicht schlecht, Rock.«

»Ach, wir wollen uns doch richtig besaufen«, meinte Georgia. Tenner schob mir den Krug wieder zu. Ich deutete einen Schluck an. Mein Magen brannte, ich spürte, wie ich zusehends schwächer wurde. Jetzt hätte meine Kraft für die Überquerung des Flusses doch nicht mehr gereicht. Aber das machte mir eigenartigerweise auch nichts mehr aus. Pam und Sue waren nebelhafte Gestalten, Welten von mir entfernt. Ich würde sie doch nie wiedersehen. Statt dessen versuchte ich, einen verrückt gewordenen russischen Piloten zu befreien. Alles wurde mir gleichgültig.

Die vier jungen Leute wurden immer betrunkener. Lorry hielt sich still abseits. Tenner zog sie mit den Augen aus, das konnte ich deutlich fühlen. Ich mußte etwas unternehmen, ehe der Krug ganz leer war und die beiden Banditen aktiv wurden.

Ich stand auf, mimte den Betrunkenen und wankte auf den Rand der Lichtung im Riedgras zu. Tenner beobachtete mich mißtrauisch. Ich erreichte Lorry und stieß sie grob an.

»Los, wehr dich gegen mich!« flüsterte ich ihr zu.

Sie runzelte die Stirn.

Ich zog sie hoch, so rauh wie möglich. »Los, jetzt mußt du auch trinken!« befahl ich laut. »Sei kein Spaßverderber. Man muß das Leben genießen, solange man es noch hat!«

»Laß mich in Ruhe«, sagte sie angewidert.

Ich zog sie an mich und flüsterte ihr ins Ohr: »Nimm den Jungen und geh sofort nach Rio Vista zurück.«

Sie stieß mich zurück: »Nein!«

Tenner lachte. »Du bist nicht geschickt genug, Opa. Soll ich's mal versuchen?«

»Nein«, sagte ich eigensinnig. »Das erledige ich schon selbst.«

Ich packte Lorry erneut. »Los, geh jetzt!« flüsterte ich ihr zu. »Hau mir eine 'runter, und dann ...«

»Nein, Gavin! Nein!!«

»Die vier sind gefährlich, Lorry. Außerdem habe ich hier noch etwas zu erledigen.«

»Das hat doch keinen Sinn«, murmelte Lorry verzweifelt.

»Was hat keinen Sinn, Baby?« fragte Tenner und stand schwankend auf.

»Tu, was ich dir sage!« drängte ich. »Bitte – schnell!«

In ihren Augen lag ein schmerzlicher Ausdruck. Ich

wußte nicht, was sie jetzt dachte. Vielleicht verstand sie, warum ich sie und den Jungen so schnell wie möglich von hier weg haben wollte. Vielleicht glaubte sie auch, ich wollte sie einfach nicht mehr bei mir haben.

Ich küßte sie und versuchte, es brutal aussehen zu lassen. Erst zögerte sie, aber dann stieß sie mich zurück. Tränen standen in ihren Augen. Ihrer Kehle entrang sich ein verzweifelter Schrei, dann wandte sie sich ab und rannte in Richtung auf die Straße. Nach einem kurzen Moment des Zögerns rannte ihr Kim nach.

»He!« rief Tenner. »Wohin, bei allen Teufeln, will sie?«

Auch die drei anderen erhoben sich mühsam.

»Laß sie laufen«, sagte ich heiser. »Laß das verdammte Püppchen einfach laufen, sie war den Ärger nicht wert, den sie mir gemacht hat.«

»Wenn du sie nicht mehr haben willst, dann hole ich sie mir«, sagte Tenner und setzte sich in Bewegung.

»Verdammt!« fluchte ich betrunken. »Ich habe gesagt, du sollst sie laufen lassen!« Ich riß die Pistole heraus. »Sie hängt mir schon seit Tagen zum Halse heraus, deshalb laß sie gehen, woher sie gekommen ist.«

Tenner blieb stehen. Rock rührte sich auch nicht mehr. Sie blickten beide die Waffe in meiner Hand an und wirkten nüchterner, als mir lieb war.

Ich steckte die Waffe wieder ein und setzte mich.

»Laß uns noch einen trinken«, sagte ich.

Tenner blickte mich forschend an. »Du willst sie also wirklich laufen lassen?«

Ich winkte gleichgültig ab. »Sie hat seit einer ganzen Weile nichts mehr zu essen gehabt. Wenn sie Hunger kriegt, kommt sie von allein wieder zurück.«

»Ja«, sagte Tenner. »Der Kleine auch. Der frißt ohnehin mehr, als er wert ist.«

Das schwangere Mädchen hockte sich dicht neben mich und sagte: »Wir haben noch einen Krug drin. Sollen wir beide ihn holen?«

Tenner grinste, aber Rock verzog keine Miene. Wenn es in diesem Camp überhaupt irgendeine Art von Ordung gab, dann bedeutete das, daß Georgia normalerweise Rocks Mädchen war.

»Erst trinken wir den hier leer«, sagte ich. »Vielleicht nachher.«

Georgia fuhr mir mit der Hand über den Rücken und sagte: »Gut, wenn man ein bißchen getrunken hat, ist es sowieso besser.«

Ich sah ihr bemaltes, verkniffenes, viel zu junges Gesicht und hatte ein Gefühl, als ob ich weinen müßte. Sie wuchs auf wie ein Tier, ohne jede Erziehung, wenn man von den schmutzigen Tricks absah, die ihr diese jungen Burschen beibrachten. Und dann das Kind. Wenn es wirklich zur Welt kam, würde es niemals genau wissen, welcher der beiden der Vater war. Viel tiefer können Menschen eigentlich kaum noch sinken.

Ich wandte mich dem Krug zu. Wie lange konnte ich es noch aushalten? Ein Feuer brannte in meinem Innern, und ich fühlte mich auf einmal furchtbar einsam. Aber ich mußte noch warten, bis Lorry und Kim weit genug weg waren. Sie durften nicht in Gefahr kommen, wenn ich Pech hatte. Eine düstere Vorahnung sagte mir, daß ich es nicht schaffen würde. Bisher hatte ich einfach zuviel Glück gehabt.«

»Du machst so ein finsteres Gesicht, Opa«, sagte Nicky. »Warum trinkst du nicht? Dann sieht diese vermasselte Welt immer gleich viel besser aus.«

Ich nickte und trank. Noch vor einer Woche wäre es mir nicht im Traum eingefallen, von einem Mädchen diesen Rat anzunehmen, das kaum älter als meine Pam war. Etwas von dem Alkohol lief mir durch die Kehle, aber er wärmte mich nicht auf. Er berührte nicht einmal den Eisklumpen, der sich in mir gebildet hatte, als Lorry weggegangen war.

Das Besäufnis dauerte noch Stunden. Als der erste Krug leer war, tauchte ein zweiter auf. Georgia schleppte ihn aus der Hütte heran und warf mir beleidigte Blicke zu, weil ich sie nicht begleitet hatte.

Die vier bewiesen eine erstaunliche Trinkfestigkeit. Sie stritten sich, schrien, sie beschimpften einander, aber sie tranken immer weiter.

Tenner blickte immer wieder nach meiner Pistole. Ich wußte, daß ich hinsichtlich der Waffe etwas unternehmen mußte. Ich selbst konnte sie nicht gebrauchen, aber sie durfte auf keinen Fall diesem jungen, gewissenlosen Kerl in die Hände fallen. Er würde mich damit umbringen. Die Waffe war für mich kein Schutz, sondern eine drohende Gefahr.

Ich zog das Magazin heraus und schlenderte scheinbar ziellos zum Fluß. Als mich keiner beobachtete, warf ich es in das schmutzig grüne Wasser. Danach fühlte ich mich besser. Ich konnte sie immer noch mit der Waffe bedrohen, aber wenn etwas schiefging, dann war die Waffe wenigstens keine Gefahr mehr.

Als ich zu den anderen zurückkam, wälzten sich die beiden Mädchen kichernd und quiekend im Schmutz.

Ich mußte dafür sorgen, daß sie weitertranken. Rock legte sich auf den Rücken, während Georgia ihm den Schnaps zwischen die Lippen schüttete.

Minuten verstrichen so langsam wie Stunden. Aber irgendwie wurde es Mittag, und ein Teil des Nachmittags ging vorüber. Der Tag wurde grauer. Nicky und Tenner zogen sich in eine der beiden Hütten zurück.

Rock stolperte auf die Füße, begann einen schwerfälligen Tanz und sang dazu ein schmutziges Lied. Seine Augen lagen tief in den Höhlen. Sein Schreien stieg bis zu den höchsten Tönen an, dann warf er Erdklumpen auf das Dach der Hütte mit dem Gefangenen.

Unterdessen kroch Georgia zu mir herüber und ließ sich auf die Knie nieder.

»Ich mag dich«, sagte sie und kicherte albern. »Wirklich, ich mag dich viel lieber als ihn.« Dabei deutete sie auf Rock. Sie ließ ein dunkles Lachen hören, das tief aus ihrer Kehle kam. Dazu wiegte sie den Oberkörper von einer Seite zur anderen.

»Sag mir – gefalle ich dir?«

Sie blieb für ein paar Sekunden auf ihren Knien und versuchte, die Haltung zu bewahren. Sie bemühte sich, verführerisch auf mich zu wirken. Dann plötzlich rollten ihre Pupillen nach oben. Sie sah hundeelend aus. Ihr Kopf fiel nach vorn. Sie fiel fast auf das Gesicht.

Sie übergab sich. Mein eigener Magen begann bei diesem Anblick zu rumoren.

»Rock!« rief ich. »Rock!«

Rock kam benommen näher. Seine Hände waren von den Erdklumpen dreckig.

»Georgia geht's nicht gut«, sagte ich. »Du solltest sie ins Bett bringen.«

»Das mach' ich, darauf kannst du dich verlassen«, lallte er undeutlich.

Er hockte sich nieder und stieß das Mädchen an.

Ich stand rasch auf und ging weg, zur Hütte des Russen hin.

Es wurde höchste Zeit für mich.

21

Ich umrundete die Lichtung und vermied dabei die Nähe der Hütte, in der Tenner mit Nicky verschwunden war. Der Boden, der mit hohem Riedgras bewachsen war, wurde von vielen kleinen Wasserläufen durchzogen. Hier irgendwo mußte das Boot versteckt liegen. Aber ich hatte so wenig Zeit zur Verfügung, daß es wenig Sinn hate, danach zu suchen.

Nach einigem Nachdenken entschied ich mich für einen einfachen Plan: Ich wollte erst den Russen befreien, dann mußten wir gemeinsam versuchen, das Marschland hinter dem Sumpfgürtel zu erreichen. Da wir uns dauernd zwischen dem Riedgras verstecken mußten, würden wir langsam vorankommen, aber andererseits konnte man uns hier auch kaum finden. Wenn wir Glück hatten, schafften wir vielleicht den Weg zurück nach Rio Vista, zur Brücke, wo der Hilfssheriff uns beistehen konnte. Für das, was danach kam, hatte ich noch keinen Plan.

Wenn es mir nicht so miserabel gewesen wäre, hätte ich mir zweifellos die Schwierigkeiten genauer überlegt, die dieser scheinbar so einfache Plan enthielt. Ich hätte erkannt, wie unmöglich seine Ausführung war.

Es ging von dem Punkt an schief, als ich versuchte, die Tür zum stinkenden Schuppen des Russen aufzubrechen. Er erblickte mich und fuhr zurück, die Augen entsetzt aufgerissen.

Der Mund in dem Wald von roten Barthaaren bewegte sich. Er wimmerte und machte abwehrende Gesten mit der zerschlagenen Hand. Anscheinend war er schon wieder nicht mehr bei Sinnen.

»Still!« raunte ich ihm zu. »Ich will dir helfen.«

Seine Zähne schlugen aufeinander. Ich legte den

Finger auf meine Lippen und hoffte, er möge diese Geste verstehen. Aber er verstand mich nicht. Er stieß heisere Schreie aus.

Es war hoffnungslos. Das erkannte ich, aber ich konnte nicht mehr zurück. Ich riß eine Latte von dem Verschlag und machte ihm ein Zeichen, er sollte sich hindurchschieben, aber natürlich weigerte er sich. Der Gestank und meine eigene Erschöpfung ließen mich am ganzen Körper beben.

»Los, komm 'raus!« befahl ich.

Er starrte mich angstvoll an.

Da verlor ich den letzten Rest von Geduld und riß die Pistole heraus. »Verdammt noch mal, 'raus mit dir!« schrie ich.

Nichts. Freiwillig würde er niemals mitkommen. Ich zwängte mich ins Innere des Verschlags und rutschte auf dem Dreck aus. Der Russe brüllte. Ich packte ihn und schob ihn auf die Öffnung in dem Verschlag zu. Da packte er die Latten mit seiner unverletzten Hand und wollte sie nicht mehr loslassen. Die Situation war gleichzeitig komisch und furchtbar.

Plötzlich blickte er nach draußen und sah den grasbewachsenen Grund, der sich zum Fluß hin neigte. Langsam, zögernd, kroch er hinaus. Er richtete sich auf, sprang auf die Tür der Hütte zu und begann mit unbeholfenen Sprüngen zu rennen. Schließlich platschte er in das grünliche Wasser und verschwand zwischen den Gräsern.

Ich rannte hinter ihm her und wartete auf das Geschrei, das sich zweifellos gleich auf der Lichtung erheben mußte. Und es kam!

Tenner und Nicky rannten hinter mir her. Ich wandte mich um und hob die Pistole, als sie mich fast erreicht hatten.

Tenner blieb mit einem Ruck stehen und blickte dem Russen nach, der hilflos in dem flachen Wasser herumplanschte und dauernd schrie.

»Du würdest nicht schießen«, sagte Tenner. Es klang nicht ganz sicher.

»Probier's doch aus!« forderte ich.

Nickys Augen glänzten. Sie war immer noch betrunken. »Los, Tenner!« stachelte sie ihn auf. »Los, versuch's doch!«

Tenner drehte sich um und schlug ihr die Hand über den Mund. »Verdammte kleine Hure«, schrie er erbittert. »Du willst doch nur, daß er mir eine Kugel in den Kopf jagt, wie?«

»Wo ist das Boot, Tenner?« fragte ich.

»Der Satan soll dich holen!« Ich schob mit dem Daumen die Sicherung zurück. Es gab ein hartes, metallisches Klicken. Tenners Augen weiteten sich. Er starrte regungslos in die schwarze Mündung der Waffe.

»Schnell!« befahl ich.

»Ich zeig's dir«, murmelte Tenner.

»Nicky, hol den dort!« befahl ich und deutete mit dem Kopf in die Richtung, wo es immer noch im Wasser platschte.

»Ich nicht!« protestierte sie. »Ich fasse den stinkenden Kommi nicht an.«

Sie blieb dabei. Nicky hatte bei weitem mehr Mut als der haarige Playboy Tenner. Von Rock und Georgia war nichts zu sehen. Eine quälende Pause trat ein.

»Tenner, dann hol du ihn«, sagte ich. »Danach gehen wir zum Boot. Los, Tempo!«

Er ging seitlich durch das Schilf. Ich stand mit dem Rücken zur Hütte. Plötzlich begann Nicky zu kichern. Ich fühlte die prickelnde Nähe einer Gefahr, aber es war schon zu spät. Tenner blieb stehen und richtete seinen Blick auf einen Punkt hinter mir. Ich drehte mich um und sah gerade noch, wie Rock mit seiner eisenbeladenen Kette ausholte.

»Lausiger Kommunistenfreund!« sagte er giftig. Dann streifte die Kette meine Wange und traf mich voll an der Schulter. Mein ganzer rechter Arm schien in Flammen zu stehen. Die Pistole segelte davon, als der Schlag mit den schweren Eisenbolzen mich zu Boden schmetterte.

Ich lag auf dem nassen, schmutzigen Boden und konnte an nichts anderes denken als an den entsetzlichen Schmerz in meiner Schulter und im rechten Arm.

Tenner bückte sich und hob die Pistole auf. Sein Gesicht, das ich nur durch einen roten Nebel sehen konnte, war haßverzerrt. Ich hatte ihn gedemütigt. Allein das genügte ihm, um mir jetzt die Mündung meiner Waffe ins Genick zu drücken.

»Jetzt bist du dran!« sagte er mit schriller Stimme.

Ich hörte den Hammer auf die leere Kammer schlagen. Die Kugeln lagen irgendwo am Fluß.

Für einige Sekunden waren sie stumm vor Überraschung. Selbst der Russe hatte zu heulen aufgehört. Dann brach Nicky in ein hysterisches Gelächter aus.

»Nicht geladen!« schrie sie. »Tenner, er hat dich mit einer ungeladenen Kanone angeführt!«

»Halt den Schnabel!« fauchte er. Seine Stimme klang wie die eines Mädchens, schrill und hoch. Er packte mich an der verletzten Schulter und warf mich zurück. Ich wurde fast ohnmächtig vor Schmerzen.

Tenner holte mit den schweren Stiefeln aus. Er traf mich seitlich am Kopf. Das Universum explodierte vor meinen Augen.

Den zweiten Tritt spürte ich nicht mehr, auch nicht den dritten . . .

22

Was dann folgte, gehört zu einem irren Alptraum. Es war finster, als ich zu mir kam. Ich flog an allen Gliedern vor Schmerzen und Fieber und wußte erst nicht, wo ich mich befand. Nach einer Weile sagte mir der stechende Gestank, daß ich in dem Verschlag lag, der vorher den Russen beherbergt hatte. Sie hatten mich bis auf die Unterhose ausgezogen. Mein Mund fühlte sich zerschlagen und geschwollen an.

Ich versuchte, den rechten Arm zu bewegen, aber es ging nicht. Der linke war mit einem Stück Draht an den Latten festgebunden. Erst jetzt fielen mir Bruchstücke dessen ein, was ich erlebt hatte.

Ich hielt inne und lauschte. Von draußen kamen leise, schleifende Geräusche näher. Ich rührte mich nicht. Es kümmerte mich auch kaum, ich war nur ein bißchen neugierig.

Jemand flüsterte meinen Namen in die schwarze Nacht.

»Gavin . . .«

Es war eine Stimme, die mir süß in den Ohren klang. Ich erinnerte mich vage an diese Stimme, konnte aber die Zusammenhänge nicht erfassen.

»Gavin, sie schlafen alle. Kannst du mich hören? – O Gott, was haben sie mit dir gemacht?«

Jemand fummelte an meiner Drahtfessel herum. Ich fiel in einen Zustand halber Bewußtlosigkeit zurück und spürte nur, daß ich durch Wasser und Riedgras geschleppt wurde. Fahles Mondlicht schien durch die wippenden Gräser. Dann war mir, als sei ich über einen nackten Mann gestolpert. Eine Kinderstimme sagte: »Sie haben ihn erledigt. Einfach erschlagen . . .«

Eine neue Schmerzwelle durchzuckte mich, als sie

mich hochzerrten. Ich murmelte, sie sollten mich doch in Ruhe lassen. Ich wollte nichts weiter, als mit dem Gesicht in dem kühlen, dunklen Wasser liegenbleiben.

»Gavin, bitte, du mußt es wenigstens versuchen . . .«

Da erinnerte ich mich undeutlich. »Lorry – du solltest doch weggehen . . .«

Eine andere Stimme sagte: »Wir sind aber zurückgekommen, Mister. Wir kamen Sie holen, aber Sie müssen den Schnabel halten, sonst erwischen sie uns noch.«

Das Gestolper ging weiter. Dann spürte ich einen Holzknüppel gegen mein Schienbein schlagen. Ein Holzknüppel? – Ich fiel vorwärts, auf den nach Fisch riechenden Boden eines flachen Bootes.

»Ich hab' dir doch gesagt, daß es hier sein muß, Lorry.«

»Dem Himmel sei Dank.«

Der Schüttelfrost packte mich. Ich lag auf dem Boden des Bootes und zitterte. Jemand legte ein feuchtes Kleidungsstück über mich. Das Boot ruckte, dann schwamm es im Wasser. Ich hörte Schilf an den Seiten schaben.

»Collingwood«, ächzte ich. »Collingwood?«

Eine Frauenstimme, halb erstickt vor Tränen, sagte: »Kim, sie haben ihn beinahe umgebracht.«

»Er kommt schon wieder in Ordnung, Lorry, wenn wir ihn nur nach Antioch schaffen. Dort haben sie einen Doktor.«

»Collingwood«, sagte ich. »Du hast dich geirrt. Du kannst niemals die Welt auf deine Weise regieren. Menschen sind keine Tiere, Collingwood!«

Lorrys Arme umschlangen mich, so viel merkte ich jetzt doch. Sie drückte mich an sich und wärmte mich mit ihrem eigenen Körper, so gut es ging.

»Schön, dich wiederzusehen, Lorry«, flüsterte ich.

»Es wird alles wieder gut. Du wirst wieder gesund, Gavin.«

Wieder schüttelte mich das Fieber. Die Anfälle wurden immer schlimmer. Die Magenmuskeln zogen sich krampfartig zusammen. Ich würgte, aber ich hatte nichts im Magen als das Blut, das ich bei Tenners Schlägen geschluckt hatte.

»Was ist mit dem Russen passiert?« fragte ich. Meine Gedanken waren wie Schmetterlinge, die sich immer wieder an der Innenseite meines Schädels die Flügel anstießen. Nichts war wirklich. Nichts hatte Gestalt oder faßbare Größe. Auch ich war nicht mehr mit meinem Körper verbunden, der da bebend vor Schüttelfrost auf dem Boden des Fischerbootes lag. »Was ist aus ihm geworden?« wiederholte ich.

»Er ist davongekommen«, sagte Lorry.

Ich schüttelte den Kopf.

»Ich habe ihn im Wasser gesehen. Collingwood hat ihn umgebracht. Collingwood bringt jeden um.«

Lorry umarmte mich fester. Wir waren jetzt auf dem offenen Fluß, das Boot schwankte etwas im rauhen Wasser. Ich erblickte Kim, der es ruderte.

Dann drückte mir Lorry ein Tuch auf den Mund. Als sie es wieder wegnahm, war es blutig. Ich tastete nach meinem Kopf. Haare lösten sich ab. Strahlenkrankheit, dachte ich undeutlich. Zu allem anderen war ich auch noch strahlenkrank. Wie in aller Welt war das geschehen? Es war mir, als seien überhaupt keine Bomben gefallen. Es hatte auch keinen Krieg gegeben. Alles war wie immer, und bald war ich auch wieder zu Hause bei Sue und Pam.

Nur – was hatte ich in dem Boot zu suchen?

»Wo sind wir?« fragte ich.

Ein neuer Anfall erfolgte. Ich hörte die Antwort nicht mehr.

Ich weiß nicht, wie wir Antioch erreichten. Ich hörte Lorry nach jemandem am Ufer rufen. Dann erklärte sie, daß ich krank und verletzt sei und dringend einen Arzt brauchte. Der Mann antwortete, daß es auf dieser Seite des Flusses nur einen einzigen Arzt gäbe, und der sei in Isleton, um die Typhusepidemie zu bekämpfen.

Es wurde kälter. Ich schloß einfach die Augen und kümmerte mich um nichts mehr.

Lorry fragte nach einer Unterkunft. Der Mann antwortete:

»Suchen Sie sich einfach eines der leerstehenden Häuser aus, Miß. In der ganzen Stadt gibt es nur fünfhundert Einwohner.«

Er erklärte etwas, das den elektrischen Strom betraf. Der wurde nur für eine Stunde pro Tag eingeschaltet, zwischen neun und zehn Uhr morgens. Er sagte das in stolzem Ton, denn vor nicht zu langer Zeit hatte es im ganzen Deltagebiet überhaupt keinen elektrischen Strom gegeben.

»So langsam wird's besser«, sagte er.

Lorry schickte Kim weg, um ein Haus auszusuchen. Ein Mann mit Taschenlampe tauchte auf und stellte Fragen. Als er meinen Namen hörte, richtete er das Licht direkt auf mich.

»Major Kenneth Gavin, von der Air Force?«

Ich stöhnte, weil mir die Augen wehtaten. »Entschuldigung«, murmelte er und schaltete die Lampe aus.

»Ja, das ist er«, antwortete Lorry.

»Da muß ich mal in meiner Liste nachsehen«, sagte der Mann. »Es ist mir, als hätte ich den Namen vor kurzem gehört.«

Ich sah eine Sheriffsuniform. Er beleuchtete seinen Notizblock und begann zu blättern. »Galloway – Garvin, Garrin – ja, richtig, hier steht's Gavin. Major Gavin, US Air Force.«

»Was ist damit?« fragte Lorry.

»Wir haben eine Nachricht für ihn. Irgendwo auf Band aufgenommen.«

Das riß mich aus meiner Gleichgültigkeit. Eine Nachricht! Großer Gott, die konnte nur von Sue stammen! Ich wollte mich aufrichten, aber sie drückten mich zurück. Der Sheriff sagte:

»Beruhigen Sie sich, Major. Warten Sie, wir holen gleich ein paar Decken für Sie.«

»Nein – Sie haben etwas gehört von ...?«

»Das ist nämlich so, Major«, unterbrach er mich. »Wir haben einen Funkamateur in der Stadt. Sein kleines Gerät arbeitet mit Batterien. Wir laden die Batterien laufend nach, mit einem Automotor und dem bißchen Benzin, das wir noch haben. Der Kerl hört die anderen Amateure ab – Sie wissen ja, wie das ist. Wir nehmen die Nachrichten auf und verwahren die Tonbänder. Manchmal ...«

»Was für eine Nachricht ist das?« fragte ich heiser. Mein Mund war trocken, mein Herz begann wie wild zu klopfen. Von meiner Familie, von Sue – eine Nachricht, daß sie noch lebten, daß es ihnen gut ging –, das war die einzige Medizin, die ich jetzt brauchte.

»Weiß nicht, Major. Ich habe nur den Namen notiert, für den Fall ...«

»Gehen wir! Wo ist der Funker?«

»Aber wir können doch nicht ...« Er stockte, betrachtete mich und schüttelte dann den Kopf. »Natürlich sehen wir erst mal nach. So krank kann kein Mann sein, daß er nicht zuerst eine Nachricht von seiner Familie hören möchte.«

Sie brachten Decken. Ich wollte mich aufrichten und gehen. aber ich konnte nicht. Ich brach fast zusammen. Nur die Spannung hielt mich wach, das Bewußtsein, daß es in dieser Stadt einen Mann gab, der etwas über meine Familie wußte.

Lorry war neben mir, aber sie wurde sehr still. Vielleicht kam sie sich überflüssig vor, weil sie bemerkt hatte, wie die Nachricht mich wachgerüttelt hatte. Sie sollte nicht so denken – ich brauchte sie wirklich, dachte ich. Ich bin ihr dankbar für alles, und ich werde sie mit nach Hause nehmen. Aber ich konnte es ihr nicht sagen.

Sie schleppten mich in einen Jeep. Wir fuhren die Straße entlang und hielten an einem Haus, in dem Petroleumlampen brannten. Irgendwo hörte ich einen Generator tuckern.

Jemand mußte uns angemeldet haben, denn Sam Bright – der Amateurfunker – und seine Frau erwarteten mich an der Tür. Mrs. Bright war eine schlanke, zarte, grauhaarige Frau. Wenn mein Anblick sie schokkierte, dann ließ sie es sich nicht anmerken.

Sam Bright schüttelte mir die Hand.

»Ich habe Ihnen das richtige Band inzwischen schon 'rausgesucht, Major.«

»Wann ist die Nachricht durchgekommen?«

»Das habe ich notiert«, meldete sich Mrs. Bright. »Hier – am Zehnten des vergangenen Monats.«

»Wir nehmen alles auf, was durchkommt, Major«, erklärte Bright. »Wir haben hier nicht viel, aber ein bißchen Strom und Unmengen von Tonbändern. Manche können wir an den Empfänger bringen – wie in diesem Fall. Meist geben wir die Nachrichten nur weiter und hoffen, daß andere Amateure dasselbe tun. Vielleicht hilft's etwas.«

Wieder schüttelte mich der Frost. Lorry hielt die Decke dicht um mich gewickelt. Sie sagte vorwurfsvoll: »Könnten wir uns nicht ein wenig beeilen, Mr. Bright? Sie sehen doch, wie krank er ist, er muß ins Bett.«

»Natürlich, natürlich«, murmelte der Mann erschrocken und rannte davon.

Es dauerte eine Ewigkeit, bis er zurückkam, und eine zweite Ewigkeit, bis er das Band in den Apparat eingelegt hatte. Dann endlich begann sich die Spule zu drehen. Eine verzerrte Stimme sagte:

»Hier spricht W6KG5 Mobile aus Menlo. Es ist 12 Uhr 37. Wir haben eine wichtige Nachricht für Major Kenneth Gavin, US Air Force, Kennnummer AO-737005, zuletzt in Alaska stationiert. Wir bitten alle Stationen, die Meldung weiterzuleiten.«

»Sue«, flüsterte ich. »Sue . . .«

»Hier spricht Pamela Gavin – Pam, hier, sag's direkt ins Mikrophon. Sprich ganz normal, nicht so laut . . .«

»Meine Tochter«, sagte ich. »Aber warum haben Sie nicht Sue ans Mikrophon gelassen?«

Eine Mädchenstimme sagte:

»Hallo, Vater! Hier ist Pam. Mir geht es gut, Vati. Brauchst dir meinetwegen keine Sorgen zu machen. Es war ziemlich schlimm hier, aber ich hatte Glück und wurde nicht verletzt . . .«

Plötzlich brach ihre Stimme ab. Eine eiserne Klammer preßte mir die Brust zusammen.

»Nur – ich meine, ich wohne jetzt bei den Cranstons. Ich bin zu ihnen übersiedelt, weil . . .« Die Stimme wurde so leise, daß ich fast nichts mehr verstehen konnte. Dann hörte ich meine Tochter leise weinen. »Als Mutti starb . . .«

Erbarmungslos fuhr sie nach einer kurzen Pause fort: »Die anderen haben mir gesagt, ich soll sagen, sie hätte überhaupt nicht gelitten. Vati – das ist nicht wahr. Mein Gott, wie hat – sie – gelitten – und sie wollte so sehr, daß du hier wärst . . .«

Ein Dröhnen klang mir in den Ohren. Alles in dem Zimmer wurde dunkel, gestaltlos. Ich fing einen Blick von Mrs. Bright auf. Sie sagte zu Lorry: »Mir tut das so leid – wirklich, es ist so furchtbar! Ich hätte mich an den Inhalt erinnern müssen, aber wir kriegen so viele Meldungen herein, und da . . .«

Ich erinnerte mich an nichts, was danach kam. Ich wirbelte schwerelos durch einen unendlichen Raum. Vor meinem geistigen Auge sah ich Sue, wie sie mir immer nahe gewesen war. Aber sie war weit weg. So weit entfernt, wie ein menschliches Wesen von einem anderen entfernt sein kann. Sie war tot. Sue, meine Frau, meine Geliebte . . .

Zum erstenmal seit Antritt dieser Höllenreise gab ich auf. Ich wollte einfach nicht mehr leben.

Lorry mußte das gespürt haben. Sie kniete neben mir und berührte mein Gesicht mit ihren Händen.

»Gavin«, flüsterte sie. »Gib nicht auf. Man darf niemals aufgeben, nie!«

Ich schüttelte in dumpfer Benommenheit den Kopf. In mir war nichts mehr. Nichts – ich war leer und ausgebrannt.

»Pam ist noch da«, flüsterte Lorry. »Dein kleines Mädchen, denk an sie! Du mußt weitermachen, sie braucht dich doch!«

23

Der wirre Traum kehrte wieder, den ich schon geträumt hatte, nachdem Tenner und Rock mich bewußtlos geschlagen hatten. Nur war er diesmal schlimmer, denn ich glitt in das Delirium der Krise hinüber, die meine Krankheit mit sich brachte. Und ich nahm den Gedanken mit, daß Sue nicht mehr lebte.

Ich erinnere mich dunkel an die muffige Luft in dem alten, verlassenen Haus. Die Einwohner waren tot – an Strahlenkrankheit gestorben. An der Bombe, die in die Pablo Bay gefallen war. Lorry und Kim pflegten mich. Das war bestimmt nicht einfach oder angenehm.

Stundenlang bebte ich vor eisiger Kälte, und dann glühte wieder eine unerträgliche Hitze in mir. Ich versuchte, die schweren, dumpf riechenden Decken wegzuwerfen. Sie drückten mich mit ihrem Gewicht nieder. Meine Haut fühlte sich an, als würde sie mit glühenden Feilen bearbeitet. Ich hatte keine Medikamente, um das Fieber niederzuhalten. Es brannte ungehemmt in mir. Ich verlor jeden Kontakt zur Wirklichkeit und kämpfte mit meinen beiden Pflegern.

Selbst die halbwegs lichten Augenblicke waren mit düsteren Alpträumen erfüllt. Ich sah eine feurige Atomwolke, die sich am Horizont erhob und unheimlich drohend auf mich zukam. Ich preßte mich gegen die trockene, ausgebrannte Erde und versuchte, mich vor dieser Wolke zu verbergen. Es war ein Friedhof, mit geplünderten, aufgebrochenen Gräbern. Sue lag hier, das wußte ich. Sie war in der Erde. Ihr Mund, ihre Augen waren gefüllt mit heißer Asche.

Unter meinen Füßen zerbarst die Erde. Jedes Bruchstück von ihr schien davonzuwirbeln in unendliche, unsagbare Fernen.

Ich öffnete meine Augen. Es war finster. Nie zuvor hatte ich eine solche Angst gekannt. Verzweifelt krächzte ich: »Sue – Sue, wo bist du?«

Jemand sagte weich: »Schon gut. Es ist alles gut.«

Im Dunkeln sah ich sie vor mir stehen, in einem weißen Nachthemd. Eine verzweifelte Sehnsucht nach ihr packte mich. Sie war wirklich, eine Frau aus Fleisch und Blut, und sie war hier bei mir, weiß und warm und zart in der Dunkelheit. Sie – meine Liebe. Wenn ich nur mit ihr zusammen sein konnte, dann war alles wieder gut, dann waren wir beide geborgen und sicher.

Ich faßte nach ihr und preßte mein Gesicht gegen sie. Ich fühlte die wareme, lebendige Haut unter ihrem dünnen Nachthemd. Sie hielt meinen Kopf fest, die Finger spielten mit meinem schütter gewordenen Haar.

Ich sagte: »Sue, ich habe geträumt, du seist tot. Sie haben mir gesagt, du wärst gestorben. Ich wußte, daß es nur ein furchtbarer Traum war, ich hab' versucht, aufzuwachen, aber ich konnte nicht . . .«

Ich schwebte in der Dunkelheit. Keine Ahnung, wie ich hierher gekommen war. Aber Sue war bei mir, deshalb war alles gut. Nur durfte ich sie nicht gehen lassen. Sie durfte mir nicht davongewirbelt werden wie die Trümmer der verrückten, zerborstenen Welt.

»Sue«, fragte ich vorsichtig. »Was stimmt mit mir nicht? Werde ich jetzt verrückt? Ich kann nicht mehr klar denken.«

»Schon gut. Du bist krank gewesen. Sehr krank.«

»Bist du die ganze Zeit bei mir gewesen?«

»Ja.«

»Wo ist Pam? Geht es ihr gut? Sie hatte auch etwas mit dem wahnsinnigen Traum zu tun.«

»Pam ist gesund.«

»Bestimmt?«

»Ganz bestimmt.«

Meine innere Spannung ließ etwas nach.

»Du mußt dich jetzt ausruhen«, sagte sie weich.

Ich rieb mein Gesicht an ihrem Körper und hielt sie fest. »Noch nicht. Bitte – noch nicht.«

Ich hörte, wie sie scharf die Luft einzog.

Dann sank sie neben mir auf das Bett. Ihre Arme umfingen mich. Aus der Nacht wehte der wunderbare Duft ihrer Haut zu mir herüber.

»Ich träume wahrscheinlich immer noch«, sagte ich. »Aber dieser Traum ist schöner. Viel schöner.«

Trotzdem muß es ein Traum gewesen sein. Denn sie hielt mich fest und flüsterte: »Meine Liebe – meine einzige Liebe ... .« Und Sue hat selten etwas dabei gesagt. Vielleicht war sie zu schüchtern, um ihre tiefsten Gefühle in Worte zu kleiden. Aber da es doch ein Traum war – warum sollte sie darin nicht sprechen? Das war ganz in Ordnung.

Als ich langsam die Schwelle zur Wirklichkeit überschritt, da fühlte ich ihre Lippen leise und sanft über meine Stirn streichen.

Es ging mit mir über Berg und Tal. Mein Körper bemühte sich, das aufzubauen, was die Strahlung verbrannt hatte. Die Erinnerung spielte mir Streiche. Ich sah Vorgänge, die sich vor zwanzig Jahren ereignet hatten, so deutlich vor mir, als sei es erst gestern gewesen, dafür erinnerte ich mich nicht mehr an Einzelheiten der letzten Stunde.

Ich hatte Sue gesehen, sie in meinen Armen gehalten – aber jemand hatte mir erzählt, daß sie tot sei. Dann hörte ich Pams Stimme. Und noch andere Stimmen – aber die waren wirklich.

»Der Doktor ist aus Isleton zurück.«

»Der Typhus breitet sich aus.«

»Ganz richtig gehandelt, junge Frau! Sie sind eine ausgezeichnete Krankenschwester.«

Ich spürte den Einstich einer Nadel.

»Wird er auch wirklich wieder gesund?« Das war eine Kinderstimme. War das Kim?

Ich mußte zurückkehren. Man kann nicht ewig in einem Delirium verharren, in einem Land der Träume, die manchmal wunderbar waren. Man muß sich entscheiden: Zurückkommen – oder sterben. Jetzt wußte ich, daß ich nicht sterben würde.

Andere leise Stimmen klangen durch das Zimmer.

»Gehen Sie schlafen. Ich passe inzwischen auf.« Diese Stimme versetzte mir einen Schock.

Dann Lorry: »Nein. Ich bleibe hier. Ich will hier sein, wenn er aufwacht.«

»Natürlich. Ich möchte das auch. Für nichts auf der Welt möchte ich diesen Augenblick versäumen.« Da war sie wieder, diese Stimme, seltsam vertraut, furchterregend, schrecklich.

Als ich irgendwann später die Augen öffnete, spann die Sonne ein paar schüchterne Fäden in die Staubluft des Zimmers. Minutenlang lag ich vollkommen still, erschöpft von der Anstrengung des Aufwachens.

Das Zimmer war klein. Durch das Fenster konnte ich den Fluß sehen. Da unten war eine zertrümmerte Mole, daneben ragten die Reste eines gesunkenen Kahns auf. Weiter oben ein paar halbverrottete Fischerboote.

Ich wandte den Kopf und sah Lorry Fielding. Sie saß in einem Sessel neben meinem Bett. Es war ein alter, zerschlissener Ohrensessel. Lorrys Kopf war zur Seite gesunken – sie schlief.

Was war das für ein eigentümliches, zärtliches Gefühl, das mich überschwemmte? Dankbarkeit? Nein, nicht nur das. Sie war ein Mädchen, das Sue bestimmt gefallen hätte ...

Ich stöhnte unwillkürlich unter dem plötzlichen Schmerz, der mich bei diesem Gedanken überfiel. Es gelang mir nicht, die Tränen zurückzudrängen. Nein, das durfte mir nie wieder passieren, ich durfte nicht so plötzlich und unvorbereitet den Gedanken an Sue heraufbeschwören – es schmerzte zu sehr. Ich mußte den Gedanken an sie irgendwo fest einschließen.

Das Lernen ist hart, dachte ich. Aber Teilen macht den Schmerz leichter. Vielleicht genügt das für das Leben.

Lorry trug noch immer meine überzähligen Uniformstücke, aber anstelle der primitiven Sandalen hatte sie richtige Schuhe an den Füßen. Ihr Gesicht war sauber. Mir fiel ein, daß ich Lorry bisher noch nie ohne die verschmierte Dreckschicht in ihrem Gesicht gesehen hatte.

Die rote Narbe malte sich scharf gegen die blasse Haut ab. Wie schade! Ohne diese Verunstaltung wäre sie vielleicht ganz hübsch gewesen. Aber welche Rolle spielte das?

Sie öffnete die Augen und blickte mich an, noch blinzelnd vor Schläfrigkeit. Dann wich der Ausdruck der Sorge von ihrem Gesicht. Sie lächelte mich an.

»Guten Morgen!«

Es war schon anstrengend, den Sinn dieses Grußes zu erfassen. Mühsam brachte ich hervor: »Wie lange?«

»Acht Tage. Beinahe neun.«

»Und wieviel hast du in dieser Zeit geschlafen?«

»Genug. Kim hat mir viel geholfen.«

»Der Doktor ist doch gekommen, wie? Nachdem du alles getan hast, was getan werden mußte.«

Lorry stand auf, trat zu mir und legte die Rückseite ihrer Hand an meine Stirn. An der Art, wie sie neben meinem Bett stand, bemerkte ich etwas seltsam Vertrautes. Es verwirrte mich.

Ich lächelte dünn und fragte: »Bin ich jetzt kahl? Habe ich die Haare verloren?«

Sie schüttelte den Kopf. »Nur hier und da ein paar Locken. Du siehst aus wie ein Airedale, den ich einmal besaß. Aber die Haare werden wieder nachwachsen. Meine sind auch gewachsen.«

»Wann darf ich aufstehen?« fragte ich.

»Der Doktor sagte, in einer Woche.«

»Zu lang!«

»Du solltest lieber tun, was er sagt. Wegen der paar Tage . . .«

»Du willst damit sagen, jetzt brauchte ich mich nicht mehr zu beeilen, wie?« fragte ich, plötzlich hart und böse.

Sie sagte ruhig: »Entschuldige, bitte. So habe ich das nicht gemeint.«

Mein Ton hatte sie verletzt, die Unterstellung, sie verstünde meine Eile nicht. Ich hatte mich nicht fair benommen, und ich wußte es. Aber der Schmerz in mir verwischte das Schuldgefühl ebenso wie die Dankbarkeit für das, was sie alles für mich getan hatte.

»Jetzt mußt du wieder schlafen«, sagte Lorry.

Ich schüttelte den Kopf. »Du mußt in der Zwischenzeit manches erfahren haben. Wie steht es drüben auf der anderen Seite der Bay?«

»Nicht zu schlecht.«

»Tatsachen, bitte«, sagte ich nervös. »Kein Geschwafel!«

»Wie du willst«, sagte sie müde. »Die erste Bombe fiel in die San Pablo Bay. Aber mindestens eine der nachfolgenden traf. Die Leute hier sind der Ansicht, daß sie ziemlich genau Hunters Point getroffen haben muß.«

»Das leuchtet mir ein«, sagte ich kalt. »Wenn ich der Zieloffizier gewesen wäre, dann hätte ich mindestens zwei Bomben größeren Kalibers zur Bay geschickt. Einschläge ins Wasser verursachen schwerere Verluste. Der Ausfall der Häfen schneidet Hawaii und die Philippinen vom Nachschub ab.«

Lorry betrachtete mich fragend. Sie hatte mich nie zuvor in dieser Weise vom Geschäft des Raketenmannes reden hören. Ich selbst hatte in mir nie zuvor dieses kühle, distanzierte fachliche Interesse gekannt. Hart bleiben! befahl ich mir selbst, als der Gedanke an Sue zurückkehren wollte.

Ich mußte wieder auf die Beine kommen und Pam finden. Sie brauchte mich jetzt. Sie brauchte jemanden, der ihr sagen konnte, daß es auf der Welt keinen Anstand, keine Moral, keine Gesetze mehr gab; jemand, der ihr beibringen konnte, wie man überlebte. Nur das zählte in einer solchen Zeit, dachte ich bitter.

»Ich möchte aufstehen«, sagte ich.

»Nur noch ein paar Tage, Gavin. Wir haben immer noch einen langen Weg vor uns. Jetzt besitzen wir kein Geld mehr und nichts, was wir vertauschen könnten. Es wird schwerer werden.«

Daran hatte ich nicht gedacht. Es klopfte an der Tür. »Das ist Kim. Er will nach dir sehen, Gavin«, sagte Lorry.

Ich erkannte den Jungen kaum wieder, als er eintrat. Er war gewaschen, sein Haar war geschnitten worden. Er betrachtete mich mit wasserhellen Augen. Die Erkenntnis, daß er wirklich ein recht hübsches Kind war, überraschte mich.

»Hallo, Major!« rief er. »Fein, daß Sie wach sind!«

»Ich möchte dir danken, mein Junge. Du hast viel für mich getan. An das meiste kann ich mich zwar nicht erinnern, aber ohne dich wäre ich nicht hier.«

Kim betrachtete Lorry voller Verehrung. »Lorry hat viel mehr getan, Major. Sie ist – einfach fabelhaft!«

»Ja«, sagte ich nachdenklich. »Das ist sie wirklich.«

»Ich will damit sagen, Major, daß wir ganz gut zurechtkommen, wenn wir alle zusammenhalten«, meinte er vorsichtig.

»Willst du nicht lieber hier bleiben, Kim?« fragte ich. »Die Leute hier würden sich um dich kümmern. Ich weiß nicht, was ich in meiner Heimat antreffen werde.«

Kim blickte zu Boden. »Ich möchte viel lieber bei Ihnen und bei Lorry bleiben, Major. Das heißt, wenn Sie damit einverstanden sind.«

Ich blickte zu Lorry hinüber. »Ich hab' sie noch nicht gefragt, ob sie mitkommen wird. Für sie ist es vielleicht auch besser, wenn sie hier bleibt.«

Lorry sagte mit fremd klingender Stimme: »Hier habe ich niemanden. Ich wüßte nicht, weshalb ich hier bleiben sollte.«

»Es wird aber nicht leicht werden.«

Plötzlich blitzten ihre Augen zornig auf. »War es denn bis hierher einfach?«

Das hatte ich verdient, und ich schluckte den Verweis. Sie hatten recht. Ohne die beiden anderen wäre wahrscheinlich keiner von uns bis hierher gekommen. Ich sagte ihnen das, aber meine Dankbarkeit vermochte ich nicht auszudrücken.

»In Ordnung, Kim, dann bleiben wir beisammen«, sagte ich und schloß die Augen.

»Major, Sie sind der tapferste Kerl, den ich kenne«, sagte Kim. »Nicht wahr, Lorry? Wie er uns weggeschickt hat und es dann in seinem Zustand mit Tenner und Rock aufnahm . . .« Er schluckte hart. »Vielleicht verstehe ich, warum Sie das tun mußten, warum es so wichtig war.«

War es wichtig gewesen? Ein zehnjähriger Junge behauptete, es zu verstehen, ich verstand es nicht mehr.

»Lauf, Kim, und sag's dem anderen Major«, befahl Lorry.

Ich glaubte, nicht recht gehört zu haben. Als Kim gegangen war, schaute ich Lorry fragend an.

»Wen soll er rufen?«

Sie lächelte. »Kim nennt ihn immer den anderen Major. Aber in Wirklichkeit gibt's nur einen, das bist du. Alle anderen sind für mich nur nachgemacht.«

Sie sah den Ausdruck meiner Augen und lächelte plötzlich nicht mehr.

Im nächsten Augenblick öffnete sich die Tür. Ein Mann in Uniform stand im Rahmen. Es war, als würde der ganze Alptraum noch einmal vor mir ablaufen. Ich hörte den Gewehrschuß zwischen den einsamen, vergifteten Bergen, ich sah einen jungen Mann in seiner Unterkunft hängen.

Vor mir stand Major J. E. B. Collingwood.

24

Collingwood schickte Lorry hinaus. Sie ging, denn sie hatte keine Ahnung, wie wir beiden zueinander standen. Er setzte sich an mein Bett.

»Erstaunt, mich hier zu sehen?« fragte er ironisch.

»Was wollen Sie von mir?«

»Ist das eine Art, einen alten Freund zu begrüßen?

Sie haben es mir leicht gemacht, Sie zu verfolgen. Ich brauchte nur den Spuren nachzugehen. Die Tabletten bei der kranken Frau. Die Miliz-Männer. Dann die beiden Männer bei Winters, denen Sie die Frau und den Wagen weggenommen haben.«

»In den Bergen, Collingwood, da haben Sie mein Pferd erschossen. Warum wollten Sie mich nicht töten?«

»Die Antwort auf diese Frage wissen Sie selbst, Gavin«, sagte er ruhig. »Wenn ich Sie nicht für ein paar Tage aus den Augen verloren hätte, dann hätte auch der Maulesel daran glauben müssen. Ich wollte Sie zu Fuß weitermarschieren sehen.«

»Es ekelt mich an, Sie sprechen zu hören!«

»Das ist unrecht von Ihnen, Gavin.« Ein metallischer Klang lag in seiner Stimme. »Sie sind ich, und ich bin Sie. Wir gehören zusammen wie die beiden Seiten einer Münze.«

»Sie sind mein Tod!«

»Tod und Leben gehören auch zusammen.«

»Und was wollen Sie?« fragte ich.

Seine Stimme wurde hart und schneidend. »Sie sind mir in die Quere gekommen, Gavin. Ohne Sie hätte ich meine Karriere nicht unterbrechen müssen. Jetzt haben Sie dafür zu sorgen, daß ich unterkomme. Sie werden einen Platz für uns beide finden.«

»Einen Platz in der Hölle«, sagte ich eisig.

»Wissen Sie«, meinte er nachdenklich. »Erst wollte ich Sie einfach umbringen. Aber dann habe ich es mir überlegt. Ich brauche Sie lebend. Auf ewige Zeiten. Und Sie werden tun, was ich Ihnen sage. Sie haben sich schon wieder engagiert – das ist typisch für Sie. Da ist die Frau und der Junge. Was meinen Sie, wie die beiden Wilden drüben auf der anderen Flußseite darauf brennen, die beiden wieder in die Finger zu bekommen. Sie haben keine andere Wahl, Gavin. Sie müssen mich mitnehmen. Vielleicht lasse ich Sie eines Tages wieder Ihr eigenes Leben leben. Vielleicht.«

25

Sechs Tage später kampierten wir in der Nähe des Niles Canyon. Die Reise mit Collingwood war für mich entmutigend und erniedrigend. Die Krankheit hatte mich so sehr geschwächt, daß ich auf ihn angewiesen war.

Collingwood hatte für mich ein altes Reitpferd organisiert. Collingwood hatte Proviant besorgt, als wir Antioch verließen. Collingwood führte das Kommando. Daran bestand keinerlei Zweifel. Er setzte die Tagesrouten fest, und er bestimmte, wo das nächste Camp aufgeschlagen wurde.

Nur eine lange Bergkette trennte uns jetzt vom Ostufer der San Francisco Bay. Die kärglichen Berichte über das Gebiet von Frisco, die wir von Überlebenden bekamen, sahen nicht gut aus. Aber Collingwood war zufrieden. Alles lief so, wie er es sich vorstellte.

»Das ist meine Welt«, erklärte er. »Ich sagte es Ihnen früher schon. Ihr Knopfdrücker habt jetzt das Kommando an Männer wie mich abtreten müssen.«

»Collingwood«, sagte ich sanft. »Es ist eine Sache, mit einem Revolver Russisches Roulett zu spielen. Der Revolver kann Sie nicht hassen. Aber es ist eine ganz andere Sache, mit einem Mann zu spielen, der Sie haßt.«

Er betrachtete mich überlegend. »Könnten Sie mich

umbringen, Gavin? Ich frage mich wirklich, ob Sie das fertigbrächten.«

»Existiert für Sie das Wort ›genug‹ nicht?«

»Wann ist es genug, Gavin? Wissen Sie das?«

»Ich habe genug vom Tod. Das heißt, daß ich auch von Ihnen genug habe.«

»Mein Freund, wie lange wollen Sie noch ein Tiger ohne Klauen bleiben? Die Welt ist ein Dschungel. Sie war es immer. Warum machen Sie sich vor, daß es anders sei?«

Ich starrte ihn an und sagte langsam: »Ich weiß nicht, wie lange ich noch ohne Klauen sein werde. Aber eins verspreche ich Ihnen: Sie sind der erste, der es herausfinden wird, wenn sich daran einmal etwas ändern sollte.«

Ich wachte aus tiefem Schlaf auf. Es war noch dunkel. Das Feuer war bis auf einen rauchenden Haufen niedergebrannt. Die Luft roch nach Regen. In drei Tagen war Weihnachten.

Ich schloß die Augen und wollte wieder schlafen, konnte aber nicht. Ich mußte an Sue denken. Da stand ich auf und ging ein paar Schritte. Als ich weit genug vom Camp entfernt war, verbarg ich mein Gesicht in beiden Händen. Plötzlich fühlte ich Lorry hinter mir.

Ich umfaßte sie, wollte mein Gesicht an ihrer Schulter verbergen, aber sie schrak zurück.

»Nein, nein!« sagte sie rauh und heftig. Ich mußte sie sehr verletzt haben. »Gavin, du kannst nicht immer nur die Toten lieben. Ich bin nicht Sue. Die ist tot, Gavin. Das ist furchtbar – sie tot, und ich lebe! Aber es ist so – und ich bin ich ...«

Sie brach ab. Als sie wieder sprach, nach einer ganzen Weile, klang ihre Stimme ruhiger.

»Als du so krank warst, Gavin, da brauchtest du Sue.

Ich – war Sue. Aber jetzt ist es anders. Ich bin jetzt hier. Du mußt mich wollen – nicht sie.«

Als ich nicht antwortete, fügte sie sanft hinzu: »Gavin, wir dürfen uns nicht mit Halbheiten abfinden. Das sind wir den Toten schuldig, die wir geliebt haben.«

Damit ließ sie mich allein.

26

Lorry und Kim halfen mir über die nächsten sechsunddreißig Stunden hinweg. Der Weg durch den Niles Canyon war an mehreren Stellen durch Erdrutsche blokkiert. Es fiel mir schwer, die Kletterei durchzuhalten. Das Pferd war ein Zugtier und bockte oft. Auf halbem Weg entschied Collingwood, das Pferd sollte unser Gepäck tragen, und ich hatte zu marschieren. Ohne Lorry und Kim hätte ich das nie geschafft.

Als wir die Öffnung des Canyons zur Bay hin erreichten, war ich beinahe am Ende meiner Kräfte. Das Wasser lag wie Blei vor uns. In einiger Entfernung konnte ich die niedrigen Hügel der Halbinsel erkennen.

Im Norden lagen die Ruinen von Oakland. Alle Städte auf dieser Seite waren restlos zerstört. Auf dem Wasser rührte sich nichts. Aber drüben auf der Halbinsel erkannte ich den flackernden Schein mehrerer Wachfeuer.

Die Brücken waren auch hier vernichtet, aber es sah so aus, als ob einige Stahlträger der Eisenbahnbrücke sich noch zusammenhängend über das Wasser spannten. Ein einzelner, weit geschwungener Träger befand sich noch über dem Wasser.

Wir kampierten westlich von Newark im flachen Überschwemmungsgebiet. Als wir um das Lagerfeuer herumsaßen, begann es zu regnen. Plötzlich wandte sich Collingwood, der langes Schweigen nicht ertragen konnte, an mich:

»Wissen Sie eigentlich, was für eine Nacht das ist?«

Ich antwortete nicht.

»Es ist Weihnachtsabend, Gavin«, sagte er. »Fröhliche Weihnachten, mein lieber Freund!«

Tatsächlich – ich rechnete nach und fand, daß Collingwood recht hatte. Das zweite Weihnachtsfest seit Ausbruch des entsetzlichen Krieges.

Kim runzelte die Stirn. Irgendwo im Hintergrund seiner verworrenen Erinnerungen schienen alte Bilder aufzutauchen. Aber er konnte sie nicht fassen. »Lorry – was ist Weihnachten?« fragte er.

Sie legte einen Arm um seine Schulter und erklärte: »Weihnachten ist die Zeit, wo alle Menschen froh sind.«

»Nächstes Jahr, Kim, wird alles besser sein«, fügte ich hinzu. »Wir sorgen dafür.« Ich lächelte Lorry an, und sie erwiderte mein Lächeln.

Collingwood zog einen seiner Revolver aus dem Gürtel und reichte ihn dem Jungen. »Da, mein Sohn. Es ist Weihnachten, Zeit für Geschenke . . .«

»Bestie!« unterbrach ich ihn und schlug ihm die Waffe aus der Hand.

»Heben Sie den Revolver auf, Gavin!« flüsterte Collingwood begierig. »Heben Sie ihn sofort auf!«

Ich wußte, was er meinte. Er wollte mich zu der Erkenntnis zwingen, daß die Waffen zu sprechen hatten, wenn alle Worte gesagt waren. Aber ich schüttelte den Kopf. Ich glaubte daran, daß man nicht am Leben bleiben konnte, wenn man dafür noch mehr töten mußte.

Aber ich war meiner Sache nicht mehr so sicher, daß ich die Waffe ergriff. Er wartete und flehte mich wortlos an, es doch zu tun.

Plötzlich griff Collingwood in seine Tasche und holte einen kleinen, glitzernden Gegenstand heraus. »Noch ein Geschenk, Gavin«, sagte er und warf ihn mir über das Feuer zu. Er blieb genau neben dem Revolver liegen.

Es war mein silbernes Erkennungszeichen, das ich Esther Feldman geschenkt hatte. Vor meinen Augen tauchte Collingwood auf, wie er in das stille, friedliche Haus in Klamath Falls eindrang und . . .

Ich schrie auf vor Haß und Schmerz. Ich griff nach dem Armband, aber meine Finger schlossen sich um den Griff des Revolvers. Ich kämpfte gegen meine eigenen Muskeln an, als hätte ich mich von einem ungeheuren Gewicht zu befreien. Lorry und Kim hingen an meinem Arm und rangen gegen meine von der Krankheit geschwächten Kräfte.

Lorry schrie: »Nein, Gavin, nein! Wenn du das tust, dann hat er gewonnen! Gavin – er gewinnt . . .«

Ich kam auf die Knie. Kim weinte vor Angst. Ich schleuderte den Revolver von mir, wie ein giftiges Reptil. Lorry kniete neben mir und hielt mein Gesicht mit beiden Händen. Ihr verdanke ich es, wenn ich in diesem Augenblick nicht überschnappte und tötete wie ein wildes Tier.

Collingwood wischte seine Waffe sauber und steckte sie ein.

»Ein andermal, Gavin«, sagte er. »Bei einer anderen Gelegenheit – Sie werden es erleben.« Seine Stimme klang traurig. Um ein Haar hätte er gewonnen – für immer gewonnen. Wenn Lorry nicht gewesen wäre . . .

Da wußte ich, daß ich fliehen mußte. In dieser Nacht

noch mußte ich ihm entkommen. Er hatte die dünne Schale der Zivilisation bei mir zerschlagen. Wenn ich nicht floh, würde ich innerhalb der nächsten vierundzwanzig Stunden versuchen, ihn umzubringen – und wenn ich selbst bei diesem Versuch sterben mußte ...

27

Ich schlief nicht. Ich lauschte den Tropfen des Regens, die im Lagerfeuer zischten. Collingwood atmete gleichmäßig. Er konnte immer schlafen. Ich hätte so gern seinen Atem erstickt – mein Gott, wie gern hätte ich ihn sterben gesehen!

Ich lag zitternd in meiner feuchten Decke und dachte an den einzelnen Brückenträger, der das Wasser noch überspannte. Über diesen Träger konnten wir entkommen. Diese schmale Brücke in die Freiheit mußten wir verteidigen, wenn es nötig war.

Ich kroch zu Lorry und berührte ihren Arm.

»Aufstehen!« flüsterte ich. »Wir müssen gehen.«

Collingwood wachte nicht auf. Ich weckte Kim, aber er kam nicht richtig zu sich. Da hob ich seinen leichten Kinderkörper hoch und trug ihn weg. Er gähnte nur und kuschelte sich an meine Seite. Dann rannten wir auf die Brücke zu, nach Westen, der Freiheit entgegen.

Das Morgengrauen kroch mit blauem, wäßrigem Licht herauf. Weihnachtstag. Meine Arme schmerzten von der Last, aber wir konnten keine Pause einlegen. Als ich einen Blick zurückwarf, sah ich nur noch die zerfetzten Wipfel der Eukalyptusbäume, unter denen wir die Nacht verbracht hatten. Collingwood würde jetzt aufwachen und die Verfolgung aufnehmen.

»Wo – sind wir eigentlich?« fragte Kim verschlafen.

»Kannst du jetzt laufen, Kim?« fragte Lorry.

»Klar! Sind wir dem anderen Major weggelaufen?«

»Ja, Kim. Und wir müssen uns jetzt sehr beeilen. Verstehst du das?«

Kim blickte uns mit uralten Augen an. »Das Laufen hab' ich gelernt. Gehen wir.«

Im Gänsemarsch drangen wir durch das hohe Gras bis zum Widerlager der Brücke vor, wo der Gleiskörper auf einem Damm verlief. Hier wandten sich die Gleise in weitem Bogen der Bay zu. Wir gingen auf dem Damm weiter. Links und rechts von uns war flaches Wasser. Die Tide hatte ihren Höhepunkt überschritten. Ich sah, wie die Ebbe einsetzte und das Wasser wieder seewärts drängte. Wir standen am Beginn der Brücke. Die Stahlkontruktion unter unseren Füßen bebte. Der Druck des zurückflutenden Wassers bildete Wirbel um die abgestürzten Brückenteile. Nur ein einzelner Träger überspannte in weitem Bogen die immer reißender werdenden Wasserwirbel.

Kim schaute über die Schulter und schrie: »Da – seht!«

Ein einzelner Mann rannte hinter uns her. Ich sah durch den Regenschleier nur seine Umrisse, aber es konnte kein anderer als Collingwood sein.

»Schneller!« sagte Lorry. »Schneller!«

Ich blickte nach vorn und beschleunigte das Tempo. Wir mußten über den schmalen Träger balancieren, acht Meter über dem kochenden, sprudelnden Abgrund des Wassers. Es gab keinen anderen Weg.

Collingwood kam näher an uns heran. Sein Anblick verlieh uns zusätzliche Kräfte. Wir erreichten den östlichen Uferpfeiler. Ich sah, daß unser Träger rostig und schlüpfrig vom Regen war. Er war an keiner Stelle breiter als vierzig Zentimeter. Und noch etwas anderes erkannte ich in diesem Augenblick mit eisigem Schrekken:

Der Träger reichte nicht bis ganz hinüber zum nächsten stehengebliebenen Brückenteil. Es fehlten runde zwei Meter. Das Ende zeigte in einem Bogen nach unten, auf den stark angeschlagenen westlichen Brükkenpfeiler zu.

Wir blieben stehen. Ich hörte Collingwood brüllen: »Du entkommst mir nicht, mein Freund!«

Der Regen klatschte mir kalt ins Gesicht. Es war ein Augenblick der Einsamkeit, denn keiner konnte den beiden anderen helfen. Jeder von uns mußte mit dem schmalen Pfad des verrosteten Trägers und dem beinahe unmöglichen Sprung auf die andere Seite allein fertigwerden.

»Fertig?« fragte ich die beiden.

»Alles klar«, sagte Lorry.

»Ich bin auch soweit«, sagte Kim mutig.

»Ich gehe vor«, erklärte ich. »Wenn der Träger mein Gewicht aushält, dann trägt er euch auch.«

Lorry faßte nach meiner Hand. »Wir schaffen es schon, Gavin. Du mußt daran glauben – wir schaffen es!«

Ich hätte ihr für diesen Beweis ihres Mutes einen Kuß geben mögen. Aber dafür war keine Zeit. Zeit war überhaupt etwas, das für uns auszulaufen drohte.

Ich trat hinaus auf die trügerische, schmale Stahlbrücke. Mein Fuß rutschte auf der rostigen Schmiere aus, aber ich fing mich wieder. Ich mußte aufrecht gehen, anders war es nicht möglich.

Eine furchtbare Ewigkeit lang ging ich über diesen schrecklichen Pfad, hoch über dem kochenden Wasser. Als ich die Stelle erreichte, wo sich der Träger nach unten neigte, gab ich alle Vorsicht auf und rannte einfach los. Am Ende des Trägers nutzte ich den Anlauf aus und schnellte über den gähnenden Abgrund. Ich prallte mit der Brust auf den Stein des Pfeilers. Die Luft ging mir aus. Aber ich klammerte mich fest, und einen Augenblick später hatte ich festen Grund unter den Füßen.

Kim kam als nächster. Bei seinem geringen Gewicht sah alles sehr leicht aus. Er sprang geschickt ab und landete wie eine Katze auf den Füßen. Eine Sekunde später stand er neben mir.

»Schnell, Lorry!« rief ich. Collingwood war bedenklich nahegekommen.

Sie ging zögernd auf den Träger hinaus. Ich sah, wie sie ausrutschte, sich fing, wieder ausglitt. Mein Gott, dachte ich, sie darf nicht abstürzen, sie darf einfach nicht . . .

Sie erreichte das Ende und blieb stehen. Ihr Gesicht war grau vor Todesangst. Sie blickte hinunter in den furchtbaren Abgrund.

»Nein!« brüllte ich. »Nein. Lorry, du darfst nicht nach unten schauen!«

Es sah aus, als sollte sie abstürzen. Dann ging sie ein paar Schritte zurück, blickte mich fest an, nahm Anlauf und sprang.

Sie sprang zu kurz.

Ich spürte, wie ihre Hände die meinen berührten, und umschloß in der gleichen Sekunde krampfhaft ihre Handgelenke. Dann zog ich sie herauf in Sicherheit. Wir umklammerten uns so eng, daß ich ihr Herz pochen spürte.

Da krachte ein Revolverschuß.

»Gavin!« rief mir Collingwood vom anderen Brükkenpfeiler aus zu. »Gavin, so können Sie mir nicht davonlaufen. Wenn Sie eine einzige Bewegung machen, erschieße ich den Jungen. Dann das Mädchen. Bleiben Sie, wo Sie sind!«

Er meinte das ernst. Und an seiner Schießkunst hatte ich nie gezweifelt.

Dann kam er. In einer Hand hielt er den Revolver, in der anderen seine Reitpeitsche. Auf halbem Weg wankte er. Er fing sich wieder, aber beim zweiten Ausgleiten gelang es ihm nicht mehr. Er versuchte, uns mit dem Revolver in Schach zu halten, deshalb konnte er sich nicht auf sein Gleichgewicht konzentrieren. Er verdrehte seinen Körper und stürzte ins brodelnde Wasser.

Seinen Stock verlor er beim Absturz, aber nicht den Revolver.

Lorry unterdrückte einen Aufschrei. Wir wußten beide, daß das Wasser unter uns radioaktiv verseucht war. Im nächsten Augenblick tauchte sein Kopf unter uns auf. Die Gewalt der abfließenden Ebbe preßte ihn gegen die Seite des Brückenpfeilers. Er blickte zu uns herauf. In seinen Augen lag ein wilder Haß.

Für mich blieb die Zeit stehen. Ich war von ihm befreit. Ich brauchte mich nur umzudrehen und wegzugehen. So einfach war das. Eine Stimme sagte mir, daß ich an seinem Tod unschuldig sei, wenn ich das täte. Wie im Traum warf ich mich bäuchlings auf die Oberkante des Pfeilers und rief Lorry und Kim zu, sie sollten mich festhalten. Ich glitt den steilen, steinernen Abhang hinunter. Lorry umklammerte meine Füße. Dann streckte ich mich aus und hielt ihm die Hände hin.

»Anpacken, Collingwood!« keuchte ich.

Ich sah sein Gesicht, den Ausdruck unsagbarer Verzweiflung darin. Er hob die Hand mit dem Revolver aus dem Wasser.

»Lassen Sie die Waffe fallen!« rief ich. »Fassen Sie doch meine Hand, Collingwood!«

Mit einem wütenden Schrei, der tief aus seiner Brust kam, richtete er die Waffe genau auf mein Gesicht und drückte ab.

Die naßgewordene Waffe versagte.

Im nächsten Augenblick war er verschwunden, in die Tiefe gerissen von der Gewalt des reißenden Wassers.

Nachwort

Am folgenden Nachmittag gingen Lorry, Kim und ich auf die Siedlung zu, die einmal meine Heimat gewesen war. Der Regen hatte aufgehört. Das Grün der Wiesen in dem geschützten Tal wirkte wie frisch gewaschen.

Oben auf den Hügeln wurde der Boden schon wieder bearbeitet. Ich hörte den Ruf der Wachen. Die Felder waren durch Posten geschützt. Das Land, diese Erde, war den Menschen wertvoll. Auf der Hügelkuppe versammelte sich eine schweigende Gruppe.

»Sind wir jetzt zu Hause?« fragte Kim.

Ich blickte Lorry ins Gesicht und sagte ruhig: »Ja. Wir sind angekommen.«

Sie drückte sanft meinen Arm und fühlte den Schmerz in mir mit. Wir würden beide nie ganz vergessen, was gewesen war.

Ich sah ein Mädchen den Hügel herunterlaufen. Ihr langes Haar flog um ihre Schultern. Es war genauso dunkel wie meins. Kim, der zu jung war, um nicht vergessen zu können, rannte mit weiten Sprüngen los, meiner Tochter entgegen, um sie zu begrüßen.

Jedes Leid hat ein Ende, dachte ich. Das Heute ist der Schlüssel zum Morgen. So geht es weiter bis ans Ende aller Zeit. Wie sagte der Dichter!

»Denn wir hoffen, unter den Gesegneten zu sein – wann immer unsere Stunde auch kommen mag.«

Es war das Ende einer Epoche.

Und der Beginn einer neuen Zeit.

GOLDMANN VERLAG

Heinz G. Konsalik
Der erfolgreichste deutschsprachige Autor

Die Liebenden von Sotschi
Roman. (6766)

Wie ein Hauch von Zauberblüten
Roman. (6696)

Das Herz aus Eis / Die grünen Augen von Finchley
Zwei Kriminalromane in einem Band. (6664)

Unternehmen Delphin
Roman. (6616)

Eine angesehene Familie
Roman. (6538)

Der Heiratsspezialist
Roman. (6458)

Sie waren zehn
Roman. (6423)

Wilder Wein / Sommerliebe
Zwei Romane in einem Band. (6370)

Das Haus der verlorenen Herzen
Roman. (6315)

Das Geheimnis der sieben Palmen
Roman. (3981)

Eine glückliche Ehe
Roman. (3935)

Verliebte Abenteuer
Heiterer Liebesroman. (3925)

Auch das Paradies wirft Schatten / Die Masken der Liebe
Zwei Romane in einem Band. (3873)

Der Fluch der grünen Steine
Roman. (3721)

Schicksal aus zweiter Hand
Roman. (3714)

Die tödliche Heirat
Roman. (3665)

Manöver im Herbst
Roman. (3653)

Ich gestehe
Roman. (3536)

Morgen ist ein neuer Tag
Roman. (3517)

Das Schloß der blauen Vögel
Roman. (3511)

Die schöne Ärztin
Roman. (3503)

Das Lied der schwarzen Berge
Roman. (2889)

Ein Mensch wie du
Roman. (2688)

Die schweigenden Kanäle
Roman. (2579)

Stalingrad
Bilder vom Untergang der 6. Armee. (3698)